CONTES
DES FÉES,

Contenant

La Reine de l'Ile des Fleurs, l'Oiseau Bleu, la Belle
aux Cheveux d'or, le Prince Désir,

PAR

Mme D'AULNOY,

Avec une Gravure en tête de chaque Conte.

PARIS,

CHEZ GAUTHIER, LIBRAIRE-ÉDITEUR,

Quai du Marché-Neuf, 34.

, les jeunes Rhinocéros, et quel-
is même il ose braver le Lion.
usement pour le reste de la na-
que l'espèce n'en est pas nom-
e, et qu'elle paraît confinée aux
ts les plus chauds des Indes.

JRSON est un animal qui habite
res désertes du nord de l'Amé-
Les sauvages mangent sa chair
servent de sa fourrure, après
oir arraché les piquans, qui leur
it d'épingles et d'aiguilles.

VACHE, femelle du Taureau,
e bête à cornes, et son produit
bien qui croît et qui se renou-
à chaque instant ; la chair du
est une nourriture aussi abon-
que saine et délicate, le lait
ent des Enfans, le beurre, l'as-
onnement de la plupart de nos
et le fromage, la nourriture la
commune des habitans de la
agne.

XERCHIAM, à la Chine, est l'a-
l qui porte le musc ; il est de la
leur d'un petit Chevreuil ; il a,

CONTES

DES FÉES.

Mar!e-Catherine de BONNEVILLE, comtesse d'Aulnoy, née en 1650, morte en 1705, à Paris. Cette dame est auteur d'un grand nombre d'ouvrages, notamment des *Contes des Fées*, qui jouissent encore d'une grande réputation.

CONTES
DES FÉES,

Contenant

La Reine de l'Ile des Fleurs, l'Oiseau Bleu, la Belle aux Cheveux d'or, le Prince Désir,

PAR

Mme D'AULNOY,

Avec une Gravure en tête de chaque Conte.

PARIS,

DERCHE, ÉDITEUR, SUCCESSEUR DE GAUTHIER,
Quai du Marché-Neuf, 34.

TABLE.

CONTES
DES FÉES.

LA REINE DE L'ILE DES FLEURS.

CONTE.

Il y avait autrefois, dans le royaume de l'Ile des Fleurs, une reine qui perdit, dans une grande jeunesse, le roi son mari qu'elle aimait tendrement, et de qui elle était aimée de même : cette tendresse réciproque avait donné la vie à deux princesses parfaitement belles, que la reine leur mère faisait élever avec tous les soins possibles, et elle avait le plaisir de voir tous les jours augmenter leurs agréments. L'aînée, particulièrement, était à l'âge de quatorze ans devenue incomparable en beauté, ce qui causa quelque inquiétude à la reine, parce qu'elle savait que la reine des Iles en aurait de la jalousie.

La reine des Iles qui croyait être la plus belle princesse du monde, exigeait de toutes les belles personnes une reconnaissance de la supériorité de sa beauté. Etant poussée par cette vanité, elle avait obligé le roi, son mari, à conquérir toutes les îles qui étaient au voisinage de la sienne; et le roi, qui était équitable et qui n'avait proprement fait cette entreprise que pour satisfaire la reine, ne songeant encore après sa conquête, qu'à ce qui pouvait lui faire plaisir, n'imposa pour loi à tous les princes qu'il avait soumis, que l'obligation d'envoyer toutes les princesses de leur sang, aussitôt qu'elles seraient à l'âge de quinze ans, faire hommage à la beauté de la reine sa femme.

La reine de l'Ile des Fleurs, qui savait cette obligation, songea aussitôt que sa fille aîné eut quinze ans, à la conduire aux pieds du trône de la superbe reine. La beauté de la jeune princesse avait déjà tant fait de bruit, qu'il s'était répandu partout, et que la reine des Iles, qui en avait beaucoup entendu parler, l'attendait avec une inquiétude qui était le présage de la jalousie, dont elle se trouva saisie dans la suite; elle fut véritablement éblouie d'une beauté si éclatante, et ne put s'empêcher de demeurer d'accord qu'elle n'avait jamais rien vu de si beau; s'entend qu'elle jugeait que c'était après elle, car l'amour-propre qui la possédait absolument, l'empêchait de croire la princesse plus belle qu'elle : elle la traitait même assez civilement, dans la pensée qu'elle ne lui ôterait pas la supériorité. Mais les acclamations que tous les hommes et toutes les femmes de sa cour donnaient à la beauté de la princesse, causèrent un si grand dépit à la reine, qu'elle en perdit toute contenance; elle se retira dans son cabinet faisant la malade, pour n'être plus témoin des triomphes d'une si admirable rivale, et elle fit dire à la reine de l'Ile des Fleurs, qu'elle ne la pourrait plus voir, à cause de l'incommodité qui lui était survenue; qu'elle lui conseillait, de plus, de se retirer dans ses États, et d'y remmener la princesse sa fille.

La reine de l'Ile des Fleurs, qui avait autrefois fait un assez long séjour en cette cour, y avait fait amitié avec la dame d'honneur de la reine, laquelle lui conseilla confidemment de ne pas demander à prendre congé de la reine, et de songer à sortir de ses États le plus promptement qu'il lui serait possible.

La dame d'honneur, qui était bonne personne, et qui avait promis amitié à la reine

de l'Ile des Fleurs, était embarrassée entre
les devoirs de l'amitié et la fidélité qu'elle
devait à la reine qu'elle servait; elle crut
prendre un juste tempérament, en avertis-
sant seulement la reine son amie, que la reine
sa maitresse avait quelque mécontentement
qu'elle ne lui pouvait dire; elle crut pouvoir
seulement lui conseiller de se retirer dans
ses États sans perdre aucun temps; et quand
elle y serait, d'empêcher durant six mois la
princesse sa fille de sortir de son palais, pour
quelque cause et quelque occasion que ce
fût; elle lui promit de plus, d'employer pendant ce temps-là tout son crédit et toute son
industrie, pour adoucir l'esprit de la reine sa
maitresse.

La reine de l'Ile des Fleurs, qui avait com-
pris par les discours mystérieux de son amie,
que la princesse sa fille avait beaucoup à
craindre de la vengeance de la reine, et que
c'était parce qu'elle se sentait fort offensée du
grand bruit que la beauté de cette charmante
princesse avait fait à sa cour, la ramena dans
ses États, et la conduisit dans son palais en
toute diligence.

Comme elle n'ignorait pas jusqu'où s'é-
tendait le pouvoir que les secrets de féerie
donnaient à la reine irritée, elle avertit la
princesse sa fille, qu'elle était menacée d'un
grand danger si elle sortait du palais, lui
recommandant, par toute l'autorité et par

toute la tendresse de mère, de ne pas l'entreprendre sans sa permission, pour quelque raison que ce fût. La reine n'oubliait rien pour divertir la princesse sa fille et ne sortait même que rarement, pour lui rendre ce long séjour plus supportable, en lui faisant compagnie.

Les six mois étant près d'expirer, il se faisait précisément au dernier jour une fête de grande réjouissance, dans une prairie charmante, qui était au bout de l'avenue du palais, de sorte que la princesse en ayant vu les préparatifs par la fenêtre de son appartement, et étant très ennuyée d'avoir été pendant un si long temps privée du plaisir de la promenade, dans un pays qui était partout couvert de fleurs, elle supplia la reine de lui permettre d'aller faire un tour dans la prairie ; la reine, qui crut que le péril était passé, y consentit ; elle y voulut même aller avec elle, suivie de toute la cour, qui était charmée de voir une princesse qui faisait ses délices, en liberté, après une détention de six mois, dont la reine n'avait pas dit la cause. La princesse ravie de joie de marcher dans un chemin parsemé de toutes sortes de fleurs, après en avoir été privée si longtemps, devançait la reine sa mère de quelques pas : mais (quel cruel spectacle)! la terre s'ouvrit sous les pieds de la charmante princesse, et se referma après l'avoir engloutie. La reine tomba évanouie de douleur; la jeune princesse répandit des larmes, et ne pouvait quitter le lieu où elle avait vu disparaître la princesse sa sœur. Cet accident mit toute la cour dans une si grande consternation, qu'on n'en a jamais vu de pareille.

Les médecins furent appelés pour secourir la reine; laquelle étant revenue de son évanouissement par leurs remèdes, fit percer la terre jusqu'aux abîmes, et ce qu'il y eut de plus surprenant, c'est qu'on n'y trouva aucun vestige du passage de la princesse; elle avait fort promptement traversé l'épaisseur de la terre, et s'était trouvée dans un désert, où elle ne voyait que des rochers et des bois, sans pouvoir apercevoir la moindre trace de pas d'hommes; elle y rencontra seulement un petit chien d'une beauté merveilleuse, qui courut à elle aussitôt qu'elle parut, et lui faisait mille caresses. Tout étonnée qu'elle était d'une aventure si terrible, elle ne laissa pas de prendre entre ses bras ce petit chien, qu'elle trouvait si joli, si caressant : après l'avoir tenu quelques moments, elle le mit à terre, et incertaine de quel côté elle devait conduire ses pas, elle vit marcher le petit chien, lequel tournant à tous moments la tête, semblait la convier de le suivre. Elle se laissa ainsi conduire sans savoir où; elle n'eut pas marché longtemps, qu'elle se trouva sur une petite éminence, d'où elle découvrit un vallon chargé d'arbres fruitiers, qui portaient des fleurs et des fruits en même temps; elle aperçut même que la terre, aux pieds des arbres, était couverte de fleurs et de fruits, et elle vit dans le milieu d'un si beau parterre une fontaine bordée de gazon; elle s'en approcha, et trouva que l'eau en était claire comme eau de roche; elle s'assit sur le gazon, où accablée d'un malheur qu'elle ne pouvait regarder sans horreur, elle fondait en larmes, voyant tout à craindre, et ne pouvant prévoir d'où lui pourrait venir le moindre secours. Elle voyait bien quelque remède contre la faim et la soif : elle prit des fruits, elle se servit de sa blanche main pour prendre de l'eau et en boire. Mais quel secours pouvait-elle se promettre contre les bêtes sauvages? elle ne pouvait s'ôter de la pensée, qu'elle était en danger d'en être dévorée.

S'étant enfin résolue à tous les maux qu'elle ne pouvait éviter, elle cherchait à étourdir sa douleur en caressant son petit chien; elle passa ainsi le jour sur le bord de cette fontaine; mais la nuit s'approchant, ses embarras redoublèrent, et elle ne savait quel parti prendre, quand elle s'aperçut que son petit chien la tirait par la robe. Elle n'y fit pas au commencement une grande attention, mais voyant qu'il s'opiniâtrait, et qu'après l'avoir prise par la robe, il marchait trois pas, et toujours du même côté, et revenait un moment après la reprendre de même, paraissant visiblement lui vouloir faire suivre ce chemin-là, elle s'y laissa enfin conduire, et se trouvant au pied d'un rocher, elle y vit une ouverture spacieuse, où il lui sembla encore que son petit chien la conviait d'entrer, par les mêmes moyens dont il s'était servi pour la conduire où elle était.

La princesse surprise, en entrant dans le rocher, d'y découvrir une caverne agréable, éclairée par l'éclat des pierres qui la composaient, comme elle l'eût été par la lumière du soleil, y aperçut dans l'endroit le plus reculé un petit lit couvert de mousse; elle s'y alla reposer, et son petit chien se mit incontinent à ses pieds. Elle était toujours dans un nouvel étonnement, de voir des choses qu'elle connaissait si peu : les réflexions qu'elle faisait, et le travail de la journée l'ayant accablée, le sommeil la saisit, et elle s'endormit.

Le jour étant venu, elle fut éveillée par le chant des oiseaux, qui couvraient toutes les branches de quelques arbres qui étaient autour du rocher. Dans une autre conjoncture, elle en eût été charmée, car jamais ramage ne fut si diversifié, ni si mélodieux. Le petit chien s'étant éveillé comme elle, s'approcha de ses pieds avec de petites manières caressantes, il semblait qu'il les lui voulût baiser; elle se leva, et sortit pour respirer l'air le plus doux qu'elle eût pu désirer, n'y ayant pas sous le ciel un plus aimable climat; le petit chien se mit à marcher devant elle, et revenait, comme il avait déjà fait, la prendre par la robe; elle se laissa guider, et il la ramena dans cet agréable parterre, et au bord de la fontaine, où elle avait passé une partie du dernier jour; elle y mangea des fruits, et but de l'eau, dont elle se trouva satisfaite comme d'un bon repas : voilà comment elle passa plusieurs mois. Ne se voyant aucun ennemi à craindre, sa douleur s'apaisa peu à peu, et sa solitude lui devint plus supportable. Son petit chien, si joli et si caressant, y avait beaucoup contribué. Un jour, qu'elle le vit fort triste, et qu'il ne la caressait pas, elle eut peur qu'il ne fût malade; elle le mena en un lieu où elle lui avait vu manger d'une herbe qu'elle espéra qui le soulagerait; mais il ne fut pas possible de lui en faire prendre; sa tristesse dura tout le jour, et ensuite toute la nuit, qu'il passa faisant de grandes plaintes.

La princesse s'était endormie, et à son réveil son premier soin fut de chercher son petit chien; mais ne le trouvant plus à ses pieds, qu'il n'avait pas coutume de quitter, elle se leva avec de grands empressements, pour voir ce qu'il serait devenu. En sortant du rocher elle entendit la voix d'un homme qui se plaignait, et elle vit un vieillard qui s'enfuit si promptement, qu'elle le perdit de vue en un moment. Voilà une nouvelle surprise pour elle; un homme dans un lieu où il n'en avait paru aucun depuis plusieurs mois, et la perte de son petit chien, la surprenait autant qu'aucune autre chose. Comme il lui avait été si fidèle depuis le premier jour de sa disgrâce, elle ne savait si ce vieillard ne serait pas venu le lui enlever. Elle errait autour de son rocher, avec cent pensées différentes, quand tout d'un coup elle se vit enveloppée d'une épaisse nue, et transporter dans les airs : elle ne fit pas de résistance; et s'étant laissée conduire, elle se vit, avant la fin du jour, ne sachant par où elle était passée, dans une des avenues du palais où elle était née, et la nue avait disparu. Mais elle vit en approchant du palais, un triste spectacle; tous les hommes qu'elle rencontrait étaient vêtus de deuil; ce qui lui fit appréhender d'avoir perdu la reine sa mère, ou la princesse sa sœur. Quand elle fut plus près du palais, elle fut reconnue, et elle entendit retentir l'air des cris de joie. La reine avertie par la voix publique, courut au-devant de sa sœur, et l'embrassant tendrement, lui dit qu'elle lui remettait sa couronne, que les peuples l'avaient obligée de prendre après la mort de la reine, leur mère, arrivée quelques jours après le fatal accident qui l'avait fait disparaître. Il y eut entre les deux princesses une noble contestation, se voulant céder toutes deux la couronne, et enfin, l'aînée l'accepta, mais à condition de partager son autorité avec la princesse qui la lui cédait, et qui déclara qu'elle n'y accepterait aucune part, étant très satifaite de la gloire d'obéir à une si charmante reine.

La princesse ayant donc pris la couronne, qui était son droit, songea à rendre les derniers devoirs à la mémoire de la reine sa mère, et à donner à la princesse sa sœur mille marques de reconnaissance, de la générosité qu'elle avait eue de lui céder une couronne, dont elle était en possession, et ensuite, étant sensiblement touchée de la perte d'un petit chien qui lui avait été si longtemps fidèle dans sa solitude, elle ordonna qu'on le cherchât dans toutes les parties du monde qui lui étaient connues; et ceux qu'elle y avait employés ne lui en ayant rien appris, elle en fut si affligée, que sa douleur la porta à dire qu'elle donnerait la moitié de ses États à celui qui le lui remettrait entre les mains. La princesse sa sœur étant très surprise d'une résolution si extraordinaire, pour ne pas dire extravagante, employa inutilement mille raisons pour la combattre.

Les seigneurs de la cour, touchés d'une si belle récompense, partirent chacun de son côté, et revinrent comme les premiers, n'ayant aucune nouvelle agréable à dire à la reine : elle en tomba dans une affliction si excessive, qu'elle la porta à faire publier qu'elle épouserait celui qui lui apporterait son petit chien, sans lequel elle sentait, disait-elle, pour s'excuser, qu'il ne lui était pas possible de vivre. L'espérance d'un prix si peu attendu, rendit la cour déserte. Pendant qu'un chacun cherchait de son côté on vint un jour avertir la reine, qui était dans son cabinet avec la princesse sa sœur, qu'il y avait un homme de fort mauvaise mine qui demandait à lui parler; elle ordonna qu'on le fît entrer: il entra, et dit à la reine, qu'il venait lui offrir de lui rendre son petit chien, pourvu qu'elle tînt sa parole. La princesse parla la première, et soutint que la reine ne pouvait prendre la résolution de se marier sans le consentement de ses sujets, et qu'il était nécessaire d'assembler le conseil, dans une occa-ion si importante. La reine n'ayant rien à répondre contre les raisons de la princesse, donna un appartement dans le palais à un homme qui avait une si haute prétention, et consentit de se soumettre aux deliberations de son conseil, qu'elle fit assembler le lendemain. Quand la princesse fut seule avec la reine, elle lui représenta si fortement le tort qu'elle se faisait, en proposant une pareille récompense pour un petit chien, qu'elle la fit résoudre de renoncer à un dessein si bizarre.

La reine ne fut peut-être pas fâchée qu'on lui eût fourni un prétexte pour manquer de parole à un homme de si mauvaise mine. Le

conseil étant assemblé le lendemain, la princesse y fit résoudre qu'on offrirait à cet homme si laid, de grandes richesses pour le prix
du petit chien; et que s'il les refusait, on le
ferait sortir du royaume, sans qu'il parlât
davantage à la reine : cet homme refusa les
richesses et se retira. La princesse rendit
compte à la reine de la résolution du conseil,
et de celle de cet homme, qui s'était retiré
après avoir refusé les richesses qu'on lui
avait offertes. La reine dit que tout cela s'é-
tait passé dans l'ordre; mais que comme elle
était maitresse de sa personne, elle partirait
le lendemain après lui avoir remis la couronne, et irait errer par le monde, jusqu'à ce
qu'elle eût trouvé son petit chien. La princesse effrayée de la résolution de la reine qu'elle
aimait véritablement, n'oublia rien pour la
faire changer; elle l'assura avec une générosité sans égale, qu'elle n'accepterait jamais la
couronne. Dans le temps qu'elles étaient dans
une conservation si triste, un des principaux
officiers de la maison de la reine se présenta
à la porte de son cabinet, pour l'avertir que
la mer était couverte de vaisseaux : les deux
princesses se mirent sur un balcon, et virent
une arm e qui s'approchait du port à toutes
voiles; et l'ayant considérée, elles jugèrent,
par sa magnificence, qu'elle ne venait pas
pour faire la guerre : elles voyaient tous les
vaisseaux couverts de mille marques de ga-

lanterie ; ce n'était que pavillons, enseignes, banderoles et flammes de soie, de toutes couleurs : elles furent confirmées dans cette pensée, quand elles virent avancer un des plus petits vaisseaux, qui portait des enseignes blanches en signe de paix. La reine avait ordonné qu'on courût au port, et qu'on allât au-devant de cette armée, pour savoir d'où elle était ; et elle fut bientôt avertie que c'était le prince de l'île des Emeraudes, qui demandait la liberté de descendre dans ses États, et de lui venir offrir ses très humbles respects. La reine envoya ses principaux officiers jusqu'au vaisseau du prince, pour lui faire ses compliments, et l'assurer qu'il était le très bien venu. Elle l'attendait assise sur son trône, qu'elle quitta quand elle le vit paraître ; elle alla même quelques pas au-devant de lui. Cette entrevue se fit avec une grande civilité de part et d'autre, et la conversation fut fort spirituelle.

La reine fit conduire le prince dans un appartement magnifique ; il demanda une audience particulière, et elle lui fut accordée pour le lendemain. L'heure de l'audience étant venue, le prince fut introduit dans le cabinet de la reine, qui n'avait que la princesse sa sœur auprès d'elle ; il dit à la reine, en l'abordant, qu'il avait des choses à lui dire, qui eussent pu surprendre toute autre personne ; mais qu'elle en reconnaîtrait aisément la vérité par des circonstances qui n'étaient sues que d'elle. Je suis, continua-t-il à dire, voisin des États de la reine des Iles; les miens sont une péninsule, qui a un petit passage dans son royaume. Un jour étant animé par la passion que j'avais pour la chasse, je suivis un cerf jusque dans l'une de ses forêts; j'eus le malheur de la rencontrer, et ne l'ayant pas crue la reine, parce qu'elle n'avait pas grande suite, je ne m'arrêtai pas pour lui rendre ce qui lui était dû. Vous savez, Madame, mieux que personne, dit-il encore, qu'elle est très vindicative, et qu'elle a une puissance de féerie admirable; je l'éprouvai sur l'heure, la terre s'ouvrit sous mes pieds, et je me trouvai dans une région éloignée, transformé en petit chien, et c'est où j'ai eu l'honneur de vous voir, Madame. Six mois étant expirés, la vengeance de la reine n'étant pas encore complète, elle me métamorphosa en hideux vieillard, et en cet état j'eus tant de peur de vous être désagréable, Madame, que j'allai m'enfoncer dans l'endroit le plus épais d'un bois, où j'ai encore passé trois mois; mais j'ai été assez heureux pour y rencontrer une fée secourable, qui m'a délivré de la puissance de la superbe reine des Iles, et m'a averti de tout ce qui vous était arrivé, Madame, et du lieu où je vous pourrais rencontrer. J'y viens pour vous offrir les hommages d'un cœur qui ne connaît pas d'autre puissance que la vôtre, Madame, depuis le premier jour que je vous ai rencontrée dans le désert.

Après ce discours, le prince continua à dire à la reine, que les fées offensées du mauvais usage que la reine des Iles avait fait de ses dons de féerie, les lui avaient ôtés. Le prince eut ensuite, avec la reine, plusieurs autres conversations, où la reine et lui convinrent ensemble de se lier des nœuds éternels : et cette résolution ayant été rendue publique, fut reçue avec d'applaudissements universels. Ce n'était pas sans raison, car jamais sujets n'ont vécu sous une domination si douce; ils en jouirent même près d'un siècle. Le roi et la reine les ayant gouvernés ensemble. ils vécurent dans une félicité jusqu'à une extrême vieillesse.

L'OISEAU BLEU.

CONTE.

Il était une fois un roi fort riche en terre et en argent : sa femme mourut; il en fut inconsolable. Il s'enferma huit jours entiers dans un petit cabinet, où il se cassait la tête contre les murs, tant il était affligé. On craignit qu'il ne se tuât : on mit des matelas entre les tapisseries et la muraille; de sorte qu'il avait beau se frapper, il ne se faisait plus de mal. Tous ses sujets résolurent entre eux de l'aller voir, et de lui dire ce qu'ils pourraient de plus propre à soulager sa tris-

tesse. Les uns préparaient des discours gra-
ves et sérieux ; d'autres, d'agréables et même
de réjouissants ; mais cela ne faisait aucune
impression sur son esprit ; à peine entendait-
il ce qu'on lui disait. Enfin, il se présenta devant lui une femme si couverte de crêpes
noirs, de voiles, de mantes, de longs habits
de deuil, et qui pleurait et sanglotait si fort
et si haut, qu'il en demeura surpris. Elle lui
dit qu'elle n'entreprendrait point, comme les
autres, de diminuer sa douleur : qu'elle venait pour l'augmenter, parce que rien n'était
plus juste que de pleurer une bonne femme :
que pour elle, qui avait eu le meilleur de
tous les maris, elle faisait bien son compte
de le pleurer tant qu'il lui resterait des yeux
à la tête. Là-dessus, elle redoubla ses cris, et
le roi, à son exemple, se mit à hurler.

Il la reçut mieux que les autres, il l'entretint des belles qualités de sa chère défunte,
et elle renchérit sur celles de son cher dé-
funt ; ils causèrent tant et tant qu'ils ne savaient plus que dire sur leur douleur. Quand
la fine veuve vit la matière presque épuisée,
elle leva un peu ses voiles, et le roi affligé,
se récréa la vue à regarder cette pauvre dé-
solée, qui tournait et retournait fort à propos deux grands yeux bleus, bordés de longues paupières noires ; son teint était assez
fleuri. Le roi la considéra avec beaucoup
d'attention ; peu à peu il parla moins de sa

femme, puis il n'en parla plus du tout. La veuve disait qu'elle voulait toujours pleurer son mari; le roi la pria de ne point immortaliser son chagrin. Pour conclusion, l'on fût tout étonné qu'il l'épousât, et que le noir se changeât en vert et en couleur de rose. Il suffit très souvent de connaître le faible des gens pour entrer dans leur cœur, et pour en faire tout ce que l'on veut.

Le roi n'avait eu de son premier mariage qu'une fille, qui passait pour la huitième merveille du monde; on la nommait Florine, parce qu'elle ressemblait à Flore, tant elle était fraîche, jeune et belle. On ne lui voyait guère d'habits magnifiques; elle aimait les robes de taffetas volant, avec quelques agrafes de pierreries et force guirlandes de fleurs, qui faisaient un effet admirable quand elles étaient placées dans ses beaux cheveux. Elle n'avait que quinze ans lorsque le roi se remaria.

La nouvelle reine envoya chercher sa fille qui avait été nourrie chez sa marraine la fée Soussio, mais elle n'en était ni plus gracieuse, ni plus belle. Soussio avait voulu y travailler, et n'avait rien gagné; elle ne laissait pas de l'aimer chèrement; on l'appelait Truitonne, car son visage avait autant de tâches de rousseur qu'une truite; ses cheveux noirs étaient si gras et si crasseux, que l'on n'y pouvait toucher; et sa peau jaune distillait de l'huile. Néanmoins, la reine l'aimait à la folie : elle ne parlait que de la charmante Truitonne ; et comme Florine avait toutes sortes d'avantages au-dessus d'elle, la reine s'en désespérait. Elle cherchait tous les moyens possibles de la mettre mal auprès du roi : il n'y avait point de jour que la reine et Truitonne ne fissent quelque pièce à Florine. La princesse, qui était douce et spirituelle, tâchait de se mettre au-dessus des mauvais procédés.

Le roi dit un jour à la reine. que Florine et Truitonne étaient assez grandes pour être mariées, et que le premier prince qui viendrait à la cour, il fallait faire en sorte de lui en donner une des deux. Je prétends, répliqua la reine, que ma fille soit la première établie ; elle est plus âgée que la vôtre, et comme elle est mille fois plus aimable, il n'y a point à balancer là-dessus. Le roi, qui n'aimait point la dispute, lui dit qu'il le voulait bien, et qu'il l'en faisait la maîtresse.

A quelque temps de là, l'on apprit que le roi Charmant devait arriver. Jamais prince n'a porté plus loin la galanterie et la magnificence : son esprit et sa personne n'avaient rien qui ne répondît à son nom. Quand la reine sut ces nouvelles, elle employa tous les brodeurs, tous les tailleurs et tous les ouvriers à faire des ajustements à Truitonne : elle pria le roi que Florine n'eût rien de neuf, et, ayant gagné ses femmes, elle lui fit voler tous ses habits, toutes ses coiffures et toutes ses pierreries, le jour même que le roi Charmant arriva : de sorte que lorsqu'elle se voulut parer, elle ne trouva pas un ruban. Elle vit bien d'où lui venait ce bon office ; elle envoya chez des marchands pour avoir des étoffes ; ils répondirent que la reine avait défendu qu'on lui en donnât ; elle demeura donc avec une petite robe fort crasseuse, et sa honte était si grande, qu'elle se mit dans le coin de la salle, lorsque le roi Charmant arriva.

La reine le reçut avec de grandes cérémonies ; elle lui présenta sa fille, plus brillante que le soleil, et plus laide par toutes ses parures qu'elle ne l'était ordinairement. Le roi en détourna les yeux : la reine voulait se persuader qu'elle lui plaisait trop, et qu'il craignait de s'engager ; de sorte qu'elle la faisait toujours mettre devant lui. Il demanda s'il n'y avait pas encore une autre princesse appelée Florine. Oui, dit Truitonne, en la montrant avec le doigt, la voilà qui se cache, parce qu'elle n'est pas brave. Florine rougit, et devint si belle, si belle, que le roi Charmant demeura comme un homme ébloui. Il se leva promptement, et fit une profonde révérence à la princesse. Madame, lui dit-il, votre incomparable beauté vous pare trop pour que vous ayez besoin d'aucun secours étranger.—Seigneur, répliqua-t-elle, je vous avoue que je suis peu accoutumée à porter un habit aussi malpropre que l'est celui-ci ;

et vous m'auriez fait plaisir de ne pas vous apercevoir de moi.—Il serait impossible, s'écria le roi Charmant, qu'une si merveilleuse princesse pût être en quelque lieu, et que l'on eût des yeux pour d'autres que pour elle.—Ah! dit la reine irritée, je passe bien mon temps à vous entendre; croyez-moi, Florine est déjà assez coquette, elle n'a pas besoin qu'on lui dise tant de galanterie. Le roi Charmant démêla aussitôt les motifs qui faisaient ainsi parler la reine, mais comme il n'était pas de condition à se contraindre, il laissa paraître toute son admiration pour Florine, et l'entretint trois heures de suite.

La reine au désespoir, et Truitonne inconsolable de n'avoir pas la préférence sur la princesse, firent de grandes plaintes au roi, et l'obligèrent de consentir que pendant le séjour du roi Charmant, l'on enfermerait Florine dans une tour, où ils ne se verraient point. En effet, aussitôt qu'elle fut retournée dans sa chambre, quatre hommes masqués la portèrent au haut de la tour, et l'y laissèrent dans la dernière désolation, car elle vit bien que l'on n'en usait ainsi que pour l'empêcher de plaire au roi, qui lui plaisait déjà fort, et qu'elle aurait bien voulu pour époux.

Comme il ne savait pas les violences que l'on venait de faire à la princesse, il attendait l'heure de la revoir avec mille impatiences; il voulut parler d'elle à ceux que le roi avait mis auprès de lui pour lui faire plus d'honneur ; mais, par ordre de la reine, ils lui en dirent tout le mal qu'ils purent : qu'elle était coquette, inégale, de méchante humeur ; qu'elle tourmentait sans cesse ses amis et ses domestiques ; qu'on ne pouvait être plus malpropre, et qu'elle poussait si loin l'avarice, qu'elle aimait mieux être habillée comme une petite bergère, que d'acheter de riches étoffes avec l'argent que lui donnait le roi son père. À tout ce détail, Charmant souffrait, et se sentait des mouvements de colère qu'il avait bien de la peine à modérer. Non, disait-il en lui-même, il est impossible que le ciel ait mis une âme si mal faite dans le chef-d'œuvre de la nature : je conviens qu'elle n'était pas proprement mise quand je l'ai vue ; mais la honte qu'elle en avait, prouve assez qu'elle n'est point accoutumée à se voir ainsi. Quoi ! elle serait mauvaise avec cet air de modestie et de douceur qui enchante ! ce n'est pas une chose qui me tombe sous le sens ; il m'est bien plus aisé de croire que c'est la reine qui la décrie ainsi : l'on n'est pas belle-mère pour rien, et la princesse Truitonne est une si laide bête, qu'il ne serait point extraordinaire qu'elle portât envie à la plus parfaite de toutes les créatures.

Pendant qu'il raisonnait là-dessus, les courtisans qui l'environnaient, devinaient bien à son air qu'ils ne lui avaient pas fait

plaisir de parler mal de Florine; il y en eut
un plus adroit que les autres, qui, changeant
de ton et de langage pour connaître les sentiments du prince, se mit à dire des merveilles de la princesse. A ces mots il se réveilla
comme d'un profond sommeil, il entra dans
la conversation, la joie se répandit sur son
visage. Amour, amour, que l'on te cache dif-
ficilement! tu parais partout, sur les lèvres
d'un amant, dans ses yeux, au son de sa voix;
lorsque l'on aime, le silence, la conversation, la
joie ou la tristesse, tout parle de ce qu'on ressent.

La reine, impatiente de savoir si le roi
Charmant était bien touché, envoya quérir
ceux qu'elle avait mis dans sa confidence, et
elle passa le reste de la nuit à les questionner :
tout ce qu'ils lui disaient ne servait qu'à con-
firmer l'opinion où elle était que le roi aimait Florine. Mais, que vous dirai-je de la
mélancolie de cette pauvre princesse Elle
était couchée par terre dans le donjon de cette
terrible tour, où les hommes masqués l'a-
vaient emportée. Je serais moins à plaindre,
disait-elle, si l'on m'avait mise ici avant que
j'eusse vu cet aimable roi : l'idée que j'en
conserve ne peut servir qu'à augmenter mes
peines. Je ne dois pas douter que c'est pour
m'empêcher de le voir davantage, que la
reine me traite si cruellement. Hélas! que le
peu de beauté dont le ciel m'a pourvue coû-
tera cher à mon repos. Elle pleurait ensuite si

amèrement, que sa propre ennemie en aurait eu pitié si elle avait été témoin de ses douleurs.

C'est ainsi que la nuit se passa. La reine, qui voulait engager le roi Charmant par tous les témoignages qu'elle pourrait lui donner de son attention, lui envoya des habits d'une richesse et d'une magnificence sans pareille, faits à la mode du pays et l'ordre des chevaliers d'amour, qu'elle avait obligé le roi d'instituer le jour de ses noces. C'était un cœur émaillé, de couleur de feu, entouré de plusieurs flèches et percé d'une, avec ces mots : *Une seule me blesse.* La reine avait fait tailler pour le roi Charmant un cœur de rubis gros comme un œuf d'autruche ; chaque flèche était d'un seul diamant, longue comme le doigt ; et la chaîne où ce cœur tenait était faite de perles, dont la plus petite pesait une livre ; enfin depuis que le monde est monde, il n'avait rien paru de tel.

Le roi, à cette vue, demeura si surpris, qu'il fut quelque temps sans parler : on lui présenta en même temps un livre dont les feuilles étaient de vélin, avec des miniatures admirables ; la couverture d'or, chargée de pierreries et les statuts de l'ordre des chevaliers d'amour, y étaient écrits d'un style fort tendre et fort galant. L'on dit au roi que la princesse qu'il avait vue le priait d'être son chevalier et qu'elle lui envoyait ce présent. A ces paroles, il osa se flatter que c'était celle qu'il aimait. Quoi! la belle princesse Florine, s'écria-t-il, pense à moi d'une manière si généreuse et si engageante?—Seigneur, lui dit-on, vous vous méprenez au nom; nous venons de la part de l'aimable Truitonne.—C'est Truitonne qui me veut pour son chevalier! dit le roi, d'un air froid et sérieux, je suis fâché de ne pouvoir accepter cet honneur; mais un souverain n'est pas assez maître de lui pour prendre les engagements qu'il voudrait. Je sais ceux d'un chevalier. Je voudrais les remplir tous, et j'aime mieux ne pas recevoir la grâce qu'elle m'offre, que de m'en rendre indigne. Il remit aussitôt le cœur, la chaîne et le livre dans la même corbeille; puis il envoya le tout chez la reine, qui pensa étouffer de rage avec sa fille, de la manière méprisante dont le roi étranger avait reçu une faveur si particulière.

Lorsqu'il put aller chez la reine, il se rendit dans son appartement : il espérait que Florine y serait; il regardait de tous côtés pour la voir. Dès qu'il entendait quelqu'un entrer dans la chambre, il tournait la tête brusquement vers la porte; il paraissait inquiet et chagrin. La malicieuse reine devinait assez ce qui se passait dans l'âme du roi Charmant, mais elle n'en faisait pas semblant, elle ne lui parlait que de parties de plaisir; il lui répondait tout de travers; en-

suite il demanda où était la princesse Florine : Seigneur, lui dit fièrement la reine, le
roi son père a défendu qu'elle sortît de chez
elle jusqu'à ce que ma fille soit mariée.—Et
quelle raison, répliqua le roi, peut-on avoir
de tenir cette belle personne prisonnière?—Je
l'ignore, dit la reine, et quand je le saurais,
je pourrais me dispenser de vous le dire. Le
roi se sentait dans une colère inconcevable;
il regardait Truitonne de travers, et songeait
en lui-même que c'était à cause de ce petit
monstre qu'on lui dérobait le plaisir de voir
la princesse. Il quitta promptement la reine,
sa présence lui causait trop de peine.

Quand il fut revenu dans sa chambre, il
dit à un jeune prince qui l'avait accompa-
gné, et qu'il aimait fort, de donner tout ce
qu'on voudrait au monde pour gagner quelqu'une des femmes de la princesse, afin qu'il
pût lui parler un moment. Ce prince trouva
aisément des dames du palais qui entrèrent
dans la confidence; il y en eut une qui l'assura que le soir même Florine serait à une
petite fenêtre basse qui répondait sur le jardin, et que par là elle pourrait lui parler,
pourvu qu'il prît de grandes précautions,
afin qu'on ne le sût pas ; car, ajouta-t-elle, le
roi et la reine sont si sévères, qu'ils me fe-
raient mourir s'ils découvraient que j'eusse
favorisé la passion du roi Charmant. Le
prince, ravi d'avoir mené l'affaire jusque-là,

lui promit tout ce qu'elle voulait, et courut faire sa cour au roi, en lui annonçant l'heure du rendez-vous. Mais la mauvaise confidente ne manqua pas d'aller avertir la reine de ce qui se passait, et de prendre ses ordres. Aussitôt elle pensa qu'il fallait envoyer sa fille à la petite fenêtre : elle l'instruisit bien, et Truitonne ne manqua rien, quoiqu'elle fût naturellement une très grande bête.

La nuit était si noire, qu'il aurait été impossible au roi de s'apercevoir de la tromperie qu'on lui faisait, quand bien même il n'aurait pas été aussi prévenu qu'il l'était; de sorte qu'il s'approcha de la fenêtre avec des transports de joie inexprimables : il dit à Truitonne tout ce qu'il aurait dit à Florine pour la persuader de sa passion. Truitonne, profitant de la conjoncture, lui dit qu'elle se trouvait la plus malheureuse personne du monde, d'avoir une belle-mère si cruelle, et qu'elle aurait toujours à souffrir jusqu'à ce que sa fille soit mariée. Le roi l'assura que si elle le voulait pour son époux, il serait ravi de partager avec elle sa couronne et son cœur : là-dessus il tira sa bague de son doigt, la mettant à celui de Truitonne, il ajouta que c'était un gage éternel de sa foi, et qu'elle n'avait qu'à prendre l'heure pour partir en diligence. Truitonne répondit le mieux qu'elle put à ses empressements : il s'apercevait bien qu'elle ne disait rien qui vaille, et cela lui aurait fait de la peine s'il ne s'était persuadé que la crainte d'être surprise par la reine lui ôtait la liberté de son esprit : il ne la quitta qu'à condition de revenir le lendemain à pareille heure, ce qu'elle lui promit de tout son cœur.

La reine ayant su l'heureux succès de cette entrevue, elle s'en promit tout. Et en effet, le jour étant concerté, le roi vint la prendre dans une chaise volante traînée par des grenouilles ailées : un enchanteur de ses amis lui avait fait ce présent. La nuit était noire; Truitonne sortit mystérieusement par une petite porte; et le roi, qui l'attendait, la reçut entre ses bras, et lui jura cent fois une fidélité éternelle. Mais comme il n'était pas d'humeur à voler longtemps dans sa chaise volante, sans épouser la princesse qu'il aimait, il lui demanda où elle voulait que les noces se fissent. Elle lui dit qu'elle avait pour marraine une fée, qu'on nommait Soussio, qui était très célèbre; qu'elle était d'avis d'aller à son château. Quoique le roi ne sût pas le chemin, il n'eut qu'à dire à ses grosses grenouilles de l'y conduire, elles connaissaient la carte générale de l'univers, et en peu de temps elles rendirent le roi et Truitonne chez Soussio.

Le château était si bien éclairé, qu'en arrivant le roi aurait connu son erreur, si la princesse ne s'était soigneusement couverte de son voile. Elle demanda sa marraine, elle lui parla en particulier, et lui conta comme quoi elle avait attrapé Charmant; et qu'elle la priait de l'apaiser. Ah! ma fille, dit la fée, la chose ne sera pas si facile, il aime trop Florine; je suis certaine qu'il va nous faire désespérer. Cependant le roi les attendait dans une salle dont les murs étaient de diamants, si clairs et si nets qu'il vit au travers Soussio et Truitonne causer ensemble. Il croyait rêver. Quoi! disait-il, ai-je été trahi! Les démons ont-ils apporté cette ennemie de mon repos? Vient-elle pour troubler mon mariage? Ma chère Florine ne paraît point! Son père l'a peut-être suivie? Il pensait mille choses qui commençaient à le désoler. Mais ce fut bien pis quand elles entrèrent dans la salle, et que Soussio lui dit d'un ton absolu : Roi Charmant, voici la princesse Truitonne à laquelle vous avez donné votre foi; elle est ma filleule, et je souhaite que vous l'épousiez tout à l'heure. — Moi, s'écria-t-il, moi, j'épousserais ce petit monstre! vous me croyez d'un naturel bien docile, quand vous me faites de telles propositions; sachez que je ne lui ai rien promis : si elle dit autrement, elle en a.... N'achevez pas, interrompit Soussio, et ne soyez jamais assez hardi pour lui manquer de respect. Je consens, répliqua le roi, de vous respecter autant qu'une fée est respectable, pourvu que vous me rendiez ma princesse.—Est-ce que je ne la suis pas, parjure, dit Truitonne, en lui montrant sa bague? A qui as-tu parlé à la petite fenêtre, si ce n'est à moi?—Comment donc, reprit-il, j'ai été déçu et trompé? Non, non, je n'en serai point la dupe; allons, allons, mes grenouilles, je veux partir tout à l'heure.

—Oh! ce n'est pas une chose en votre pouvoir, si je n'y consens, dit Soussio. Elle le toucha et ses pieds s'attachèrent au parquet, comme si on les y avait cloués.—Quand vous me lapideriez, lui dit le roi, quand vous m'écorcheriez, je ne serai point à une autre qu'à Florine; j'y suis résolu, et vous pouvez après cela user de votre pouvoir à votre gré. Soussio employa la douceur, les menaces, les promesses, les prières; Truitonne pleura, cria, gémit, se fâcha, s'apaisa. Le roi ne disait pas un mot, et les regardant toutes deux d'un air du monde le plus indigné, il ne répondait rien à tous leurs verbiages.

Il se passa ainsi vingt jours et vingt nuits sans qu'elles cessassent de parler, sans manger, sans dormir et sans s'asseoir. Enfin, Soussio, à bout et fatiguée, dit au roi : Ó bien! vous êtes un opiniâtre, qui ne voulez pas entendre raison : choisissez, ou d'être sept ans en pénitence pour avoir donné votre parole sans la tenir, ou d'épouser ma filleule. Le roi, qui avait gardé un profond silence, s'écria tout d'un coup : Faites de moi tout ce que vous voudrez, pourvu que je sois délivré de cette maussade.—Maussade vous-même, dit Truitonne en colère ; je vous trouve un plaisant roitelet, avec votre équipage marécageux de venir jusqu'en mon pays me dire des injures et manquer à votre parole : si vous aviez pour quatre deniers d'honneur, en useriez-vous ainsi?—Voilà des reproches touchants, dit le roi d'un ton railleur. Voyez-vous qu'on a tort de ne prendre une si belle personne pour sa femme!—Non, non, elle ne la sera pas, s'écria Soussio en colère ; tu n'as qu'à t'envoler par cette fenêtre si tu veux, car tu seras sept ans Oiseau bleu.

En même temps le roi change de figure ; ses bras se couvrent de plumes, et forment des ailes, ses jambes et ses pieds deviennent noirs et menus ; il lui croît des ongles crochus ; son corps s'apetisse ; il est tout garni de longues plumes fines et mêlées de bleu céleste ; ses yeux s'arrondissent et brillent comme des soleils ; son nez n'est plus qu'un bec d'ivoire ; il s'élève sur sa tête une aigrette blanche qui forme une couronne ; il chante à ravir et parle de même. En cet état, il jette un cri douloureux de se voir ainsi métamorphosé, et s'envole à tire-d'aile pour fuir le funeste palais de Soussio.

Dans la mélancolie qui l'accable, il voltige

de branche en branche, et ne choisit que les arbres consacrés à l'amour et à la tristesse, tantôt sur les myrtes, tantôt sur les cyprès; il chante des airs pitoyables où il déplore sa méchante fortune et celle de Florine. En quel lieu ses ennemis l'ont-ils cachée, disait-il? Qu'est devenue cette belle victime? La barbarie de la reine la laisse-t-elle encore respirer? Où la chercherai-je? Suis-je condamné à passer sept ans sans elle? Peut-être que pendant ce temps on la mariera, et que je perdrai pour jamais l'espérance qui soutient ma vie. Ces différentes pensées affligeaient l'Oiseau bleu à tel point qu'il voulait se laisser mourir.

D'un autre côté, la fée Soussio renvoya Truitonne à la reine, qui était bien inquiète comment les noces se seraient passées. Mais quand elle vit sa fille, et qu'elle lui raconta tout ce qui venait d'arriver, elle se mit dans une colère terrible, dont le contre-coup retomba sur la pauvre Florine. Il faut, dit-elle, qu'elle se repente plus d'une fois d'avoir su plaire à Charmant. Elle monta dans la tour avec Truitonne, qu'elle avait parée de ses plus riches habits; elle portait une couronne de diamants sur sa tête, et trois filles des plus riches barons de l'État tenaient la queue de son manteau royal : elle avait au pouce l'anneau du roi Charmant, que Florine remarqua le jour qu'ils parlèrent ensemble : elle fut étrangement surprise de voir Truitonne dans un si pompeux appareil. Voilà ma fille qui vient vous apporter les présents de sa noce, dit la reine ; le roi Charmant l'a épousée ; il l'aime à la folie ; il n'a jamais été de gens plus satisfaits. Aussitôt on étale devant la princesse des étoffes d'or et d'argent, des pierreries, des dentelles, des rubans qui étaient dans de grandes corbeilles de filigrane d'or. En lui présentant toutes ces choses, Truitonne ne manquait pas de faire briller l'anneau du roi, de sorte que la princesse Florine ne pouvant plus douter de son malheur, elle s'écria, d'un air désespéré, qu'on ôtât de ses yeux tous ces présents si funestes ; qu'elle ne voulait plus porter que du noir, ou plutôt qu'elle voulait présentement mourir. Elle s'évanouit, et la cruelle reine, ravie d'avoir si bien réussi, ne permit pas qu'on la secourût : elle la laissa seule dans le plus déplorable état du monde et fut conter malicieusement au roi que sa fille était si transportée de tendresse, que rien n'égalait les extravagances qu'elle faisait, qu'il fallait bien se donner de garde de la laisser sortir de la tour. Le roi lui dit qu'elle pouvait gouverner cette affaire à sa fantaisie, et qu'il en serait toujours satisfait.

Lorsque la princesse revint de son évanouissement, et qu'elle réfléchit sur la conduite qu'on tenait avec elle, aux mauvais traitements qu'elle recevait de son indigne marâtre, et à l'espérance qu'elle perdait pour jamais d'épouser le roi Charmant, sa douleur devint si vive, qu'elle pleura toute la nuit; en cet état elle se mit à sa fenêtre, où elle fit entendre des regrets fort tendres et fort touchants. Quand le jour approcha, elle la ferma et continua à pleurer.

La nuit suivante elle ouvrit sa fenêtre, elle poussa de profonds soupirs et des sanglots; elle versa un torrent de larmes; le jour vint, elle se cacha dans sa chambre. Cependant le roi Charmant, ou, pour mieux dire, le bel Oiseau bleu, ne cessait pas de voltiger autour du palais; il jugeait que sa chère princesse y était renfermée; et que si elle faisait de tristes plaintes, les siennes ne l'étaient pas moins; il s'approchait des fenêtres le plus qu'il pouvait pour regarder dans les chambres; mais la crainte que Truitonne ne l'aperçût et ne se doutât que c'était lui, l'empêchait de faire ce qu'il aurait voulu. Il y va de ma vie, disait-il en lui-même; si ces mauvaises princesses découvraient où je suis, elles voudraient se venger; il faudrait que je m'éloignasse, ou que je fusse exposé aux derniers dangers. Ces raisons l'obligèrent à garder de grandes mesures, et d'ordinaire il ne chantait que la nuit.

Il y avait vis-à-vis de la fenêtre où Florine se mettait, un cyprès d'une hauteur prodigieuse; l'Oiseau bleu vint s'y percher. Il y fut à peine, qu'il entendit une personne qui se plaignait. Souffrirai-je encore longtemps, disait-elle? la mort ne viendra-t-elle pas à mon secours? Ceux qui la craignent ne la voient que trop tôt; je la désire, et la cruelle me fuit. Ah! barbare reine, que t'ai-je fait pour me retenir dans une captivité si affreuse? N'as-tu pas assez d'autres endroits pour me désoler? Tu n'as qu'à me rendre témoin du bonheur que ton indigne fille goûte avec le roi Charmant! L'Oiseau bleu n'avait pas perdu un mot de cette plainte; il en demeura bien surpris, et il attendait le jour avec la dernière impatience pour voir la dame affligée; mais avant qu'il vînt, elle avait fermé la fenêtre, et s'était retirée.

L'oiseau curieux ne manqua pas de revenir la nuit suivante : il faisait clair de lune ; il vit une fille à la fenêtre de la tour, qui commençait ses regrets. Fortune, disait-elle, toi qui me flattais de régner, toi qui m'avais rendu l'amour de mon père, que t'ai-je fait pour me plonger tout d'un coup dans les plus amères douleurs? Est-ce dans un âge aussi tendre que le mien, qu'on doit commencer à ressentir ton inconstance? Reviens, barbare, reviens, s'il est possible ; je te demande pour toutes faveurs, de terminer ma fatale destinée. L'Oiseau bleu écoutait; et plus il écoutait, plus il se persuadait que c'était son aimable princesse qui se plaignait. Il lui dit :

Adorable Florine, merveille de nos jours! pourquoi voulez-vous finir si promptement les vôtres? vos maux ne sont pas sans remède.—Eh! qui me parle, s'écria-t-elle, d'une manière si consolante.—Un roi malheureux, reprit l'Oiseau, qui vous aime, et n'aimera jamais que vous.—Un roi qui m'aime, ajouta-t-elle! Est-ce ici un piége que me tend mon ennemie? Mais au fond, qu'y gagnera-t-elle? si elle cherche à découvrir mes sentiments, je suis prête à lui en faire l'aveu.—Non, ma princesse, redit-il, l'amant qui vous parle n'est point capable de vous trahir. En achevant ces mots il vola sur la fenêtre. Florine eut d'abord grande peur d'un oiseau si extraordinaire, qui parlait avec autant d'esprit que s'il avait été homme, quoiqu'il conservât le petit son de voix d'un rossignol; mais la beauté de son plumage, et ce qu'il lui dit, la rassura. M'est-il permis de vous revoir, ma princesse, s'écria-t-il! puis-je goûter un bonheur si parfait sans mourir de joie? Mais, hélas! que cette joie est troublée par votre captivité, et l'état où la méchante Soussio m'a réduit pour sept ans.—Qui êtes-vous, charmant oiseau, dit la princesse en le caressant? —Vous avez dit mon nom, ajouta le roi, et vous feignez de ne me pas connaître.—Quoi! le plus grand roi du monde! quoi! le roi Charmant, dit la princesse, serait le petit oiseau que je tiens?—Hélas! belle Florine, il n'est que trop vrai, reprit-il; et si quelque chose m'en peut consoler, c'est que j'ai préféré cette peine à celle de renoncer à la passion que j'ai pour vous.—Pour moi, dit Florine! ah! ne cherchez point à me tromper! Je sais que vous avez épousé Truitonne; j'ai reconnu votre anneau à son doigt, je l'ai vue toute brillante des diamants que vous lui avez donnés; elle est venue m'insulter dans ma triste prison, chargée d'une riche couronne et d'un manteau royal qu'elle tenait de votre main, pendant que j'étais chargée de chaînes et de fers.

Vous avez vu Truitonne en cet équipage? interrompit le roi, sa mère et elle ont osé vous dire que ces joyaux venaient de moi? O ciel! est-il possible que j'entende des mensonges si affreux, et que je ne puisse m'en venger aussitôt que je le souhaite! Sachez qu'elles ont voulu me décevoir; qu'abusant de votre nom, elles m'ont engagé à enlever cette laide Truitonne; mais aussitôt que je connus mon erreur, je voulus l'abandonner, et je choisis enfin d'être Oiseau bleu sept ans de suite, plutôt que de manquer à la fidélité que je vous ai vouée.

Florine avait un plaisir si sensible à entendre parler son aimable amant, qu'elle ne se souvenait plus des malheurs de sa prison. Que ne lui dit-elle pas pour le persuader qu'elle ne ferait pas moins pour lui qu'il avait fait pour elle! Le jour paraissait; la plupart des officiers étaient déjà levés que l'Oiseau bleu et la princesse parlaient encore ensemble; ils se séparèrent avec mille peines, après s'être promis que toutes les nuits ils s'entretiendraient ainsi.

La joie de s'être trouvés était si excessive, qu'il n'est point de termes capables de l'exprimer; chacun de son côté remerciait l'Amour et la Fortune. Cependant Florine s'inquiétait pour l'Oiseau bleu. Qui le garantira des chasseurs, disait-elle, ou de la serre aiguë de quelque aigle, ou de quelque vautour affamé, qui le mangera avec autant d'appétit que si ce n'était pas un grand roi? Oh ciel! que deviendrai-je, si ces plumes légères et fines, poussées par le vent, venaient jusque dans ma prison m'annoncer le désastre que je crains? Cette pensée empêcha que la pauvre princesse fermât les yeux; car lorsque l'on aime, les illusions paraissent des vérités, et ce que l'on croit impossible dans un autre temps, semble aisé en celui-là; de sorte qu'elle passa le jour à pleurer jusqu'à ce que l'heure fût venue de se mettre à sa fenêtre.

Le charmant Oiseau, caché dans le creux d'un arbre, avait été tout le jour occupé à penser à sa belle princesse. Que je suis content, disait-il, de l'avoir retrouvée! qu'elle est engageante! que je sens vivement les bontés qu'elle me témoigne! Ce tendre amant comptait jusqu'aux moindres moments de la pénitence qui l'empêchait de l'épouser, et jamais l'on n'en a désiré la fin avec plus de passion. Comme il voulait faire à Florine toutes les galanteries dont il était capable, il vola jusqu'à la ville capitale de son royaume; il fut à son palais, il entra dans son cabinet par une vitre qui était cassée, il prit des pendants d'oreille de diamants, si parfaits et si beaux, qu'il n'y en avait point au monde qui en approchassent; il les apporta le soir à Florine, et la pria de s'en parer. J'y consentirais, lui dit-elle, si vous me voyiez le jour, mais puisque je ne vous parle que la nuit, je ne les mettrai pas. L'Oiseau lui promit de prendre si bien son temps, qu'il viendrait à la tour à l'heure qu'elle voudrait. Aussitôt elle mit les pendants d'oreilles, et la nuit se passa à causer comme s'était passée l'autre.

Le lendemain l'Oiseau bleu retourna dans son royaume; il fut à son palais; il entra dans son cabinet par la vitre rompue, et il en apporta les plus riches bracelets que l'on eût encore vus : ils étaient d'une seule émeraude, taillés à facettes, creusés par le milieu, pour y passer la main et le bras. Pensez vous, lui dit la princesse, que mes sentiments pour vous aient besoin d'être cultivés par des présents? Ah! que vous les connaîtriez mal!—Non, Madame, répliqua-t-il, je ne crois pas que les bagatelles que je vous offre soient nécessaires pour me conserver votre tendresse; mais la mienne serait blessée si je négligeais aucune occasion de vous marquer mon attention, et quand vous ne me voyez point, ces petits bijoux me rappellent à votre souvenir. Florine lui dit là-dessus mille choses obligeantes, auxquelles il répondit par mille autres qui ne l'étaient pas moins.

La nuit suivante, l'Oiseau amoureux ne manqua pas d'apporter à sa belle une montre d'une grandeur raisonnable, qui était dans une perle; l'excellence du travail surpassait celle de la matière. Il est inutile de me régaler d'une montre, dit-elle galamment, quand vous êtes éloigné de moi, les heures me paraissent sans fin; quand vous êtes avec moi, elles passent comme un songe; ainsi je ne puis leur donner une juste mesure. — Hélas! ma princesse, s'écria l'Oiseau bleu, j'en ai la même opinion que vous, et je suis persuadé que je renchéris encore sur sa délicatesse. — Après ce que vous souffrez pour me conserver votre cœur, répliqua-t-elle, je suis en état de croire que vous avez porté l'amitié et l'estime aussi loin qu'elles peuvent aller.

Dès que le jour paraissait, l'Oiseau volait dans le fond de son arbre, où des fruits lui servaient de nourriture, quelquefois encore il chantait de beaux airs; sa voix ravissait les passants; ils l'entendaient et ne voyaient personne, aussi était-il conclu que c'étaient des esprits. Cette opinion devint si commune que l'on n'osait entrer dans le bois : on en rapportait mille aventures fabuleuses qui s'y étaient passées, et la terreur générale fit la sûreté particulière de l'Oiseau bleu.

Il ne se passait aucun jour sans qu'il fît un présent à Florine; tantôt un collier de perles, ou des bagues les plus brillantes et des mieux mises en œuvres, des attaches de diamant, des poinçons, des bouquets de pierreries qui imitaient la couleur des fleurs, des livres agréables, des médailles; enfin, elle avait un amas de richesses merveilleuses : elle ne s'en parait jamais que la nuit, pour plaire au roi, et le jour, n'ayant point d'endroit où les mettre, elles les cachait soigneusement dans sa paillasse.

Deux années s'écoulèrent ainsi sans que Florine se plaignît une seule fois de sa captivité. Et comment s'en serait-elle plainte! elle avait la satisfaction de parler toute la nuit à ce qu'elle aimait : il ne s'est jamais tant dit de jolies choses. Bien qu'elle ne vît personne, et que l'Oiseau passât le jour dans le creux d'un arbre, ils avaient mille nouveautés à se raconter : la matière était inépuisable, leur cœur et leur esprit fournissaient abondamment des sujets de conversation.

Cependant la malicieuse reine, qui la retenait si cruellement en prison, faisait d'inutiles efforts pour marier Truitonne; elle envoyait des ambassadeurs la proposer à tous les princes dont elle connaissait le nom; dès qu'ils arrivaient, on les congédiait brusquement. S'il s'agissait de la princesse Florine, vous seriez reçu avec joie, leur disait-on; mais pour Truitonne, elle peut bien rester vestale sans que personne s'y oppose. A ces nouvelles, sa mère et elle s'emportaient de colère contre l'innocente princesse qu'elles persécutaient. Quoi! malgré sa captivité, cette arrogante nous traversera, disaient-elles? Quel moyen de lui pardonner les mauvais tours qu'elle nous fait? il faut qu'elle ait des correspondances secrètes dans les pays étrangers : c'est, tout au moins, une criminelle d'État; traitons-la sur ce pied, et cherchons tous les moyens possibles de la convaincre.

Elles finirent leur conseil si tard, qu'il était plus de minuit lorsqu'elles résolurent de monter à la tour pour interroger Florine. Elle était avec l'Oiseau bleu à la fenêtre, parée de ses pierreries, coiffée de ses beaux cheveux, avec un soin qui n'est pas naturel aux personnes affligées; sa chambre et son lit étaient jonchées de fleurs, et quelques pastilles d'Espagne qu'elle venait de brûler, répandaient une odeur excellente. La reine écoute à la porte; elle crut entendre chanter un air à deux parties; car Florine avait une voix presque céleste : en voici les paroles, qui lui parurent bien tendres :

> Que notre sort est déplorable,
>   Que nous souffrons de tourments
> Pour nous aimer trop constamment.
> Mais c'est en vain qu'on nous accable,
> Malgré nos cruels ennemis
> Nos cœurs seront toujours unis.

Quelques soupirs finirent leur petit concert.

Ah! ma Truitonne, nous sommes trahies s'écria la reine en ouvrant brusquement la porte, et se jetant dans la chambre. Que devint Florine à cette vue? Elle pousse promptement sa petite fenêtre, pour donner le temps à l'oiseau royal de s'envoler. Elle était bien plus occupée de sa conservation que de la sienne propre : mais il ne se sentait pas la force de s'éloigner : ses yeux perçants lui avaient découvert le péril auquel sa princesse était exposée. Il avait vu la reine et Truitonne : quelle affliction de n'être pas en état de défendre sa maîtresse! Elles s'approchèrent d'elle comme des furies qui voulaient la dévorer. L'on sait vos intrigues contre l'État, s'écria la reine; ne pensez pas que votre rang vous sauve des châtiments que vous méritez. — Et avec qui, Madame, répliqua la princesse? n'êtes-vous pas ma geôlière depuis deux ans? ai-je vu d'autres personnes que celles que vous m'avez envoyées? Pendant qu'elle parlait, la reine et sa fille l'examinaient avec une

surprise sans pareille; son admirable beauté
et son extraordinaire parure les éblouissaient.
Et d'où vous viennent, Madame, dit la reine,
ces pierreries qui brillent plus que le soleil?
nous ferez-vous accroire qu'il y a des mines
dans cette tour!—Je les y ai trouvées, répliqua Florine; c'est tout ce que j'en sais. La
reine la regardait attentivement pour pénétrer jusqu'au fond de son cœur ce qui s'y
passait. Nous ne sommes pas vos dupes, dit-
elle, vous pensez nous en faire accroire;
mais, princesse, nous savons ce que vous faites depuis le matin jusqu'au soir. On vous a
donné tous ces bijoux dans la seule vue de
vous obliger à vendre le royaume de votre
père.—Je serais fort en état de le livrer, répondit-elle avec un sourire dédaigneux; une
princesse infortunée, qui languit dans les
fers depuis si longtemps, peut beaucoup dans
un complot de cette nature!—Et pour qui
donc, reprit la reine, êtes-vous coiffée comme
une petite coquette; votre chambre pleine
d'odeurs, et votre personne si magnifique,
qu'au milieu de la cour vous seriez moins
parée?—J'ai assez de loisirs, dit la princesse:
il n'est point extraordinaire que j'en donne
quelques moments à m'habiller; j'en passe
tant d'autres à pleurer mes malheurs, que
ceux-là ne sont pas à me reprocher. Ca, ça,
voyons dit la reine, si cette innocente personne n'a point quelque traité fait avec les

ennemis. Elle chercha elle-même partout;
et venant à la paillasse, qu'elle fit vider, elle
y trouva une si grande quantité de diamants,
de perles, de rubis, d'émeraudes, de topazes,
qu'elle ne savait d'où cela venait. Elle avait
résolu de mettre en quelque lieu des papiers
pour perdre la princesse; dans le temps
qu'on n'y prenait pas garde, elle en cacha
dans la cheminée; mais par bonheur, l'Oiseau
bleu était perché au-dessus qui voyait mieux
qu'un lynx, et qui écoutait tout; il s'écria :
Prends garde à toi, Florine, voilà ton ennemie qui te veut faire une trahison. Cette voix
si peu attendue épouvanta à tel point la reine,
qu'elle n'osa faire ce qu'elle avait médité.
Vous voyez, Madame, dit la princesse, que
les esprits qui volent en l'air me sont favora-
bles.—Je crois, dit la reine outrée de colère,
que les démons s'intéressent pour vous;
mais, malgré eux, votre père saura se faire
rendre justice. —Plût au ciel, s'écria Florine,
n'avoir à craindre que la fureur de mon père!
mais la vôtre, Madame, est plus terrible!

La reine la quitta, troublée de tout ce
qu'elle venait de voir et d'entendre. Elle tint
conseil sur ce qu'elle devait faire contre la
princesse; on lui dit que si quelque fée ou
quelque enchanteur la prenait sous sa pro-
tection, le vrai secret pour les irriter serait
de lui faire de nouvelles peines, et qu'il serait mieux d'essayer de découvrir son intri-

gue. La reine approuva cette pensée; elle envoya coucher dans sa chambre une jeune fille qui contrefaisait l'innocente; elle eut ordre de lui dire qu'on la mettait auprès d'elle pour la servir. Mais quelle apparence de donner dans un panneau si grossier! la princesse la regarda comme son espionne : l'on n'en peut ressentir une douleur plus violente. Quoi! je ne parlerai plus à cet Oiseau qui m'est si cher, disait-elle! il m'aidait à supporter mes malheurs, je soulageais les siens; notre tendresse nous suffisait. Que va-t-il faire, que ferai-je moi-même? En pensant à toutes ces choses, elle versait des ruisseaux de larmes.

Elle n'osait plus se mettre à la petite fenêtre, quoiqu'elle entendît l'Oiseau bleu voltiger autour; elle mourait d'envie de lui ouvrir, mais elle craignait d'exposer la vie de ce cher amant. Elle passa un mois entier sans paraître. L'Oiseau bleu se désespérait; quelles plaintes ne faisait-il pas! comment vivre sans voir la princesse! il n'avait jamais mieux ressenti les maux de l'absence et ceux de sa métamorphose; il cherchait inutilement des remèdes à l'une et à l'autre : après s'être creusé la tête, il ne trouvait rien qui le soulageât.

L'espionne de la princesse, qui veillait jour et nuit depuis un mois, se sentit si accablée de sommeil; qu'enfin elle s'endormit profondément. Florine s'en aperçut, elle ouvrit sa petite fenêtre et dit :

> Oiseau bleu, couleur du temps,
> Vole à moi promptement.

Ce sont là ses propres paroles, auxquelles on n'a voulu rien changer. L'oiseau les entendit si bien qu'il vint promptement sur la fenêtre. Quelle joie de se revoir! Qu'ils avaient de choses à se dire! les amitiés et les protestations de fidélité se renouvelèrent mille et mille fois. La princesse n'ayant pu s'empêcher de répandre des larmes, son amant s'attendrit beaucoup, et la consola de son mieux. Enfin, l'heure de se quitter étant venue sans que la geôlière se fût réveillée, ils se dirent l'adieu du monde le plus touchant. Le lendemain encore, l'espionne s'endormit; la princesse diligemment se mit à la fenêtre, puis elle dit, comme la première fois :

> Oiseau bleu, couleur du temps,
> Vole à moi promptement.

Aussitôt l'Oiseau vint, et la nuit se passa comme l'autre, sans bruit et sans éclat, dont nos amants étaient ravis; ils se flattaient que la surveillante prendrait tant de plaisir à dormir, qu'elle en ferait autant toutes les nuits. Effectivement, la troisième se passa encore très heureusement; mais pour celle qui suivit, la dormeuse ayant entendu quelque bruit, elle écouta sans faire semblant de rien, puis elle regarda de son mieux, et vit, au clair de la lune, le plus bel oiseau de l'univers, qui parlait à la princesse, qui la carressait avec sa patte, qui la béquetait doucement, enfin, elle entendit plusieurs choses de leur conversation, et demeura très étonnée ; car l'Oiseau parlait comme un amant, et la belle Florine lui répondait avec tendresse.

Le jour parut ; ils se dirent adieu, et, comme s'ils eussent eu un pressentiment de leur prochaine disgrâce, ils se quittèrent avec une peine extrême ; la princesse se jeta sur son lit toute baignée de larmes ; et le roi retourna dans le creux de son arbre. Sa geôlière courut chez la reine ; elle lui apprit tout ce qu'elle avait entendu. La reine envoya quérir Truitonne et ses confidentes ; elles raisonnèrent longtemps ensemble, et conclurent que l'Oiseau bleu était le roi Charmant. Quel affront ! ma Truitonne ! Cette insolente princesse, que je croyais si affligée, jouissait en repos des agréables conversations de notre ingrat ! Ah ! je me vengerai d'une manière si sanglante qu'il en sera parlé. Truitonne la pria de n'y pas perdre un moment ; et, comme elle se croyait plus intéressée dans l'affaire que la reine, elle mourait de joie lorsqu'elle pensait à tout ce que l'on ferait pour désoler l'amant et la maîtresse.

5.

La reine renvoya l'espionne dans la tour ; elle lui ordonna de ne témoigner ni soupçon, ni curiosité, et de paraître plus endormie qu'à l'ordinaire. Elle se coucha de bonne heure, elle ronfla de son mieux, et la pauvre princesse déçue, ouvrant la petite fenêtre s'écria :

> Oiseau bleu, couleur du temps
> Vole à moi promptement.

Mais elle l'appela inutilement toute la nuit ; il ne parut point, car la méchante reine avait fait attacher aux cyprès des épées, des couteaux, des rasoirs, des poignards, et lorsqu'il vint à tire d'aîles s'abattre dessus, ces armes meurtrières lui coupèrent les pieds, il tomba sur d'autres qui lui coupèrent les ailes ; et enfin tout percé, il se sauva avec mille peines jusqu'à son arbre, laissant une longue trace de sang.

Que n'étiez-vous là, belle princesse, pour soulager cet oiseau royal ? Mais elle serait morte si elle l'avait vu dans un état aussi déplorable. Il ne voulait prendre aucun soin de sa vie, persuadé que c'était Florine qui lui avait fait jouer ce mauvais tour. Ah ! barbare, disait-il douloureusement, est-ce ainsi que tu paies la passion la plus pure et la plus tendre qui sera jamais ! si tu voulais ma mort, que ne me la demandais-tu toi-même ? elle m'aurait été chère de ta main. Je venais te trouver avec tant d'amour et de confiance! je souffrais pour toi, et je souffrais sans me plaindre! Quoi! tu m'as sacrifié à la plus cruelle des femmes! Elle était notre ennemie. commune : tu viens de faire ta paix à mes dépens. C'est toi, Florine, c'est toi qui me poignardes! tu as emprunté la main de Truitonne, et tu l'as conduite jusque dans mon sein! Ces funestes idées l'accablèrent à tel point qu'il résolut de mourir.

Mais son ami l'enchanteur, qui avait vu revenir chez lui les grenouilles volantes avec le charriot sans que le roi parût, se mit si en peine de ce qui pouvait lui être arrivé, qu'il parcourut huit fois toute la terre pour le chercher, sans qu'il lui fût possible de le trouver. Il faisait son neuvième tour, lorsqu'il passa dans le bois où il était, et selon les règles qu'il s'était prescrites, il sonna du cor assez longtemps, et puis il cria cinq fois de toute sa force : Roi Charmant, roi Charmant, où êtes-vous? Le roi reconnut la voix de son meilleur ami. Approchez, lui dit-il, de cet arbre, et voyez le malheureux roi que vous chérissez noyé dans son sang. L'enchanteur tout surpris, regardait de tous côtés sans rien voir. Je suis Oiseau bleu, dit le roi d'une voix faible et languissante. A ces mots, l'enchanteur le trouva sans peine dans son petit nid. Un autre que lui aurait été étonné plus qu'il ne le fut; mais il n'ignorait aucun tour de l'art nécromancien : il ne lui en coûta que quelques paroles pour arrêter le sang qui coulait encore ; et avec des herbes qu'il trouva dans le bois, et sur lesquelles il dit deux mots de grimoire, il guérit le roi aussi parfaitement que s'il n'avait pas été blessé.

Il le pria ensuite de lui apprendre par quelle aventure il était devenu oiseau, et qui l'avait blessé si cruellement. Le roi contenta sa curiosité ; il lui dit que c'était Florine qui avait décelé le mystère amoureux des visites secrètes qu'il lui rendait, et que pour faire sa paix avec la reine, elle avait consenti à laisser garnir le cyprès de poignards et de rasoirs, par lesquels il avait été presque haché. Il se récria mille fois sur l'infidélité de cette princesse, et dit qu'il s'estimerait heureux d'être mort avant d'avoir connu son méchant cœur. Le magicien se déchaîna contre elle et contre toutes les femmes : il conseilla au roi de l'oublier. Quel malheur serait le vôtre, lui dit-il, si vous étiez capable d'aimer plus longtemps cette ingrate ! après ce qu'elle vient de vous faire, l'on en doit tout craindre. L'Oiseau bleu n'en put demeurer d'accord, il aimait trop chèrement Florine ; et l'enchanteur, qui connut ses sentiments, malgré le soin qu'il prenait de les cacher, lui dit d'une manière agréable :

Accablé d'un cruel malheur,
En vain l'on parle et l'on raisonne;
On n'écoute que sa douleur,
Et point les conseils qu'on nous donne.
Il faut laisser faire le temps,
Chaque chose a son point de vue;
Et quand l'heure n'est point venue,
On se tourmente vainement.

Le royal Oiseau en convint, et pria son ami de le porter chez lui, et de le mettre dans une cage où il fût à couvert de la patte du chat et de toute arme meurtrière. Mais, lui dit l'enchanteur, resterez-vous encore cinq ans dans un état si déplorable et si peu convenable à vos affaires et à votre dignité; car, enfin, vous avez des ennemis qui soutiennent que vous êtes mort : ils veulent envahir votre royaume; je crains bien que vous l'ayez perdu avant d'avoir recouvré votre première forme.—Ne pourrais-je pas, répliqua-t-il, aller dans mon palais, et gouverner comme je faisais ordinairement?

Oh! s'écria son ami, la chose est difficile! tel qui veut obéir à un homme ne veut pas obéir à un perroquet; tel vous craint étant roi, étant environné de grandeur et de faste, qui vous arrachera toutes les plumes, vous voyant en petit oiseau. — Ah! faiblesse humaine, brillant extérieur, s'écria le roi! encore que tu ne signifies rien pour le mérite et pour la vertu, tu ne laisses pas d'avoir des endroits décevants dont on ne saurait presque se défendre! Eh bien! continua-t-il, soyons philosophes, méprisons ce que nous ne pouvons obtenir, notre parti ne sera point le plus mauvais. Je ne me rends pas sitôt, dit le magicien, j'espère trouver quelques bons expédients.

Florine, la triste Florine, désespérée de ne plus voir le roi, passait les jours et les nuits à sa fenêtre, répétait sans cesse :

> Oiseau bleu, couleur du temps
> Vole à moi promptement.

La présence de son espionne ne l'en empêchait point; son désespoir était tel, qu'elle ne mangeait plus rien. Qu'êtes-vous devenu, roi Charmant, s'écriait-elle! nos communs ennemis vous ont-ils fait ressentir les cruels effets de leur rage, avez-vous été sacrifié à leurs fureurs? Hélas! hélas! n'êtes-vous plus? ne dois-je plus vous voir? ou, fatigué de mes malheurs, m'avez-vous abandonnée à la dureté de mon sort. Que de larmes, que de sanglots suivaient ces tendres plaintes! que les heures étaient devenues longues par l'absence d'un amant si aimable et si cher! La princesse abattue, malade, maigre et changée, pouvait à peine se soutenir, tant elle était persuadée que tout ce qu'il y a de plus funeste était arrivé au roi.

La reine et Truitonne triomphaient; la vengeance leur faisait plus de plaisir que l'offense ne leur avait fait de peine. Et au fond, de quelle offense s'agissait-il? le roi Charmant n'avait pas voulu épouser un petit monstre, qu'il avait mille sujets de haïr. Cependant, le père de Florine, qui devenait vieux, tomba malade et mourut. La fortune de la méchante reine et de sa fille changea de face; elles étaient regardées comme des favorites qui avaient abusé de leur faveur. Le peuple mutiné courut au palais demander la princesse Florine, la reconnaissant pour souveraine. La reine irritée voulut traiter l'affaire avec hauteur; elle parut sur un balcon, et menaça les mutins. En même temps, la sédition devint générale; on enfonce les portes de son appartement, on la pille, et on assomme la reine à coups de pierres. Truitonne s'enfuit chez sa marraine la fée Soussio; elle ne courait pas moins de danger que sa mère.

Les grands du royaume s'assemblèrent promptement, et montèrent à la tour où la princesse était fort malade : elle ignorait la mort de son père et le supplice de son ennemie. Quand elle entendit tant de bruit, elle ne douta pas qu'on ne vînt la prendre pour la faire mourir; elle n'en fut pas effrayée; la 'vie lui était odieuse depuis qu'elle avait perdu l'Oiseau bleu. Ses sujets s'étant jetés à ses pieds, lui apprirent le changement qui venait d'arriver dans sa fortune : elle n'en fut point émue. Ils la portèrent dans son palais et la couronnèrent.

Les soins infinis que l'on prit de sa santé, et l'envie qu'elle avait d'aller chercher l'Oiseau bleu, contribuèrent beaucoup à la rétablir, et lui donnèrent bientôt assez de force pour nommer un conseil afin d'avoir soin de son royaume en son absence ; et puis elle prit pour des mille millions de pierreries, et elle partit une nuit toute seule, sans que personne sût où elle allait.

L'enchanteur, qui prenait soin des affaires du roi Charmant, n'ayant pas assez de pouvoir pour détruire ce que la fée Soussio avait fait, s'avisa de l'aller trouver, et de lui proposer quelque accommodement en faveur duquel elle rendrait au roi sa figure naturelle ; il prit les grenouilles et vola chez la fée, qui causait dans ce moment avec Truitonne. D'un enchanteur à une fée il n'y a que la main ; ils se connaissaient depuis cinq ou six cents ans, et dans cet espace de temps, ils avaient été mille fois bien et mille fois mal ensemble. Elle le reçut agréablement. Que veut mon compère, lui dit-elle (c'est ainsi qu'ils se nomment tous)? Y a-t-il quelque chose pour son service qui dépende de moi?—Oui, ma commère, dit le magicien, vous pouvez tout pour ma satisfaction; il s'agit du meilleur de mes amis, d'un roi que vous avez rendu infortuné. Ha ha! je vous entends, compère, s'écria Soussio : j'en suis fâchée, mais il n'y a point de grâce à espérer pour lui, s'il ne veut épouser ma filleule; la voilà, belle et jolie, comme vous voyez; qu'il se consulte.

L'enchanteur pensa demeurer muet, tant il la trouva laide : cependant il ne pouvait se résoudre à s'en aller sans régler quelque chose avec elle, parce que le roi avait couru mille risques depuis qu'il était en cage. Le clou qui l'accrochait s'était rompu, la cage était tombée, et sa Majesté emplumée souffrait beaucoup de cette chute; Minet, qui se trouva dans la chambre lorsque cet accident arriva, lui donna un coup de griffe dans l'œil dont il pensa rester borgne. Une autre fois, on avait oublié de lui donner à boire; il allait le grand chemin d'avoir la pépie, on l'en garantit par quelques gouttes d'eau. Un petit coquin de singe s'étant échappé, attrapa ses plumes au travers des barreaux de la cage, et il l'épargna aussi peu qu'il aurait fait d'un geai ou d'un merle. Le pire de tout cela c'est qu'il était sur le point de perdre son royaume : ses héritiers faisaient tous les jours des fourberies nouvelles pour prouver qu'il était mort. Enfin l'enchanteur conclut avec sa commère la fée Soussio, qu'elle mè-

nerait Truitonne dans le palais du roi Charmant; qu'elle y resterait quelques mois, pendant lesquels il prendrait sa résolution de
l'épouser, et qu'elle lui rendrait sa figure,
quitte à reprendre celle d'Oiseau bleu s'il ne
voulait pas se marier.

La fée donna des habits tout d'or et d'argent à Truitonne, puis elle la fit monter en
trousse derrière elle sur un dragon, et elles
se rendirent au royaume de Charmant, qui
venait d'y arriver avec son fidèle ami l'enchanteur. En trois coups de baguette, il se
vit le même qu'il avait été, beau, aimable,
spirituel et magnifique; mais il achetait bien
cher ce qu'on diminuait de sa pénitence; la
seule pensée d'épouser Truitonne le faisait
frémir. L'enchanteur lui disait les meilleures
raisons qu'il pouvait, elles ne faisaient qu'une
médiocre impression sur son esprit, et il était
moins occupé de la conduite de son royaume,
que des moyens de prolonger le terme que
la fée Soussio lui avait donné pour Truitonne.

Cependant la reine Florine, déguisée sous
un habit de paysanne, avec ses cheveux épars
et mêlés qui cachaient son visage, un chapeau de paille sur la tête, un sac de toile sur
son épaule, commença son voyage, tantôt à
pied, tantôt à cheval, tantôt par mer, tantôt
par terre; elle faisait toute la diligence possible, mais ne sachant où elle devait tourner
ses pas, elle craignait toujours d'aller d'un

côté, pendant que son aimable roi serait de l'autre. Un jour qu'elle s'était arrêtée au bord d'une fontaine, dont l'eau argentée bondissait sur de petits cailloux, elle eut envie de se laver les pieds, elle s'assit sur le gazon, elle releva ses blonds cheveux avec un ruban, et mit ses pieds dans le ruisseau : elle ressemblait à Diane qui se baigne au retour d'une chasse.

Il passa dans cet endroit une petite vieille toute voûtée, appuyée sur un gros bâton; elle s'arrêta et lui dit : Que faites-vous là, ma belle fille, vous êtes bien seule? Ma bonne mère, dit la reine, je ne laisse pas d'être en grande compagnie, car j'ai avec moi les chagrins, les inquiétudes et le déplaisir. A ces mots, ses yeux se couvrirent de larmes. Quoi! si jeune, vous pleurez, dit la bonne femme. Ah! ma fille, ne vous affligez pas, dites-moi ce que vous avez sincèrement, et j'espère vous soulager. La reine le voulut bien : elle lui conta ses ennuis, la conduite que la fée Soussio avait tenue dans cette affaire, et enfin, comment elle cherchait l'Oiseau bleu.

La petite vieille se redresse, s'agence, change tout d'un coup de visage, paraît belle, jeune, habillée superbement, et, regardant la reine avec un sourire gracieux : incomparable Florine, lui dit-elle, le roi que vous cherchez n'est plus oiseau, ma sœur, la fée Soussio lui a rendu sa première figure; il est dans son royaume; ne vous affligez point, vous y arriverez, et vous viendrez à bout de votre dessein. Voilà quatre œufs, vous les casserez dans vos pressants besoins, et vous y trouverez des secours qui vous seront utiles. En achevant ces mots, elle disparut.

Florine se sentit fort consolée de ce qu'elle venait d'entendre, elle mit ses œufs dans son sac, et tourna ses pas vers le royaume de Charmant.

Après avoir marché huit jours et huit nuits sans s'arrêter, elle arrive au pied d'une montagne prodigieuse par sa hauteur, toute d'ivoire, et si droite que l'on ne pouvait y mettre le pied sans tomber. Elle fit mille tentatives inutiles, elle glissait, elle se fatiguait; et, désespérée, d'un obstacle si insurmontable, elle se coucha au pied de la montagne, résolue de s'y laisser mourir, quand elle se souvint des œufs que la fée lui avait donnés. Elle en prit un. Voyons, dit-elle, si elle ne s'est point moquée de moi, en me promettant les secours dont j'aurais besoin. Dès qu'elle l'eut cassé, elle y trouva de petits crampons en or qu'elle mit à ses pieds et à ses mains. Quand elle les eut, elle gravit la montagne d'ivoire sans aucune peine, car les crampons entraient dedans et l'empêchaient de glisser. Lorsqu'elle fut tout en haut, elle eut de nouvelles peines pour descendre : toute la vallée était d'une seule glace de miroir. Il y avait

autour plus de soixante mille femmes qui se
miraient avec un plaisir extrême, car ce miroir avait bien deux lieues de large et six de
haut : chacune s'y voyait selon ce qu'elle
voulait être. La rousse y paraissait blonde,
la brune avait les cheveux noirs, la vieille
croyait être jeune, la jeune n'y veillissait
point, enfin, tous les défauts y étaient si bien
cachés, que l'on y venait des quatre coins du
monde. Il y avait de quoi mourir de rire de
voir les grimaces et les minauderies que la
plupart de ces coquettes faisaient. Cette cir-
constance n'y attirait pas moins d'hommes :
le miroir leur plaisait aussi. Il faisait paraître aux uns de beaux cheveux, aux autres
la taille plus haute et mieux prise, l'air mar-
tial et meilleure mine. Les femmes dont ils
se moquaient ne se moquaient pas moins
d'eux, de sorte que l'on appelait cette montagne de mille noms différents. Personne n'é-
tait jamais parvenu jusqu'au sommet; et
quand on y vit Florine, les dames poussèrent
de longs cris de désespoir. Où va cette mal-
avisée, disaient-elles! sans doute qu'elle a assez d'esprit pour marcher sur notre glace :
du premier pas elle brisera tout. Elles faisaient un bruit épouvantable.

La reine ne savait comment faire, car elle
voyait un grand péril à descendre par là. Elle
cassa un autre œuf, dont il sortit deux pigeons et un chariot, qui devint en même

temps assez grand pour s'y placer commodément; puis les pigeons descendirent légèrement avec la reine, sans qu'il lui arrivât rien de fâcheux, au grand étonnement de tous les spectateurs. Florine dit à ses conducteurs : Mes petits amis, si vous vouliez me mener jusqu'au lieu où le roi Charmant tient sa cour, vous n'obligeriez point une ingrate. Les pigeons civils et obéissants ne s'arrêtèrent ni jour ni nuit qu'ils ne fussent arrivés aux portes de la ville. Florine descendit et leur donna à chacun un doux baiser plus estimable qu'une couronne.

Oh! que le cœur lui battait en entrant : elle se barbouilla le visage pour n'être point connue. Elle demanda aux passants où elle pouvait voir le roi. Quelques-uns se prirent à rire. Voir le roi, lui dirent-ils! eh! que lui veux-tu, ma Mie-Souillon? va te décrasser; tu n'as pas les yeux assez bons pour voir un tel monarque. La reine ne répondit rien, elle s'éloigna doucement, et demanda encore à ceux qu'elle rencontra, où elle se pourrait mettre pour voir le roi. Il doit venir demain au temple avec la princesse Truitonne, lui dit-on; car enfin il consent à l'épouser.

Ciel! quelles nouvelles! Truitonne, l'indigne Truitonne sur le point d'épouser le roi! Florine pensa mourir; elle n'eut plus de force pour parler ni pour marcher; elle se mit sous une porte, assise sur des pierres, bien cachée de ses cheveux et de son chapeau de paille. Infortunée que je suis, disait-elle! je viens ici pour augmenter le triomphe de ma rivale, et me rendre témoin de sa satisfaction! C'est donc à cause d'elle que l'Oiseau bleu cessa de me venir voir, c'était pour ce petit monstre qu'il faisait la plus cruelle de toutes les infidélités! pendant qu'abîmée dans la douleur je m'inquiétais pour la conservation de sa vie! le traître avait changé, et se souvenait moins de moi que s'il ne m'avait jamais vue, il me laissait le soin de m'affliger de sa trop longue absence, sans ce soucier de la mienne.

Quand on a beaucoup de chagrin, il est rare d'avoir bon appétit, la reine chercha où se loger, et se coucha sans souper. Elle se leva avec le jour, elle courut au temple, dans lequel elle n'entra qu'après avoir essuyé mille rebuffades des gardes et des soldats. Elle vit le trône du roi et celui de Truitonne, qu'on regardait déjà comme la reine. Quelle douleur pour une personne aussi tendre et aussi délicate que Florine! elle s'approcha du trône de sa rivale : elle se tint debout, appuyée contre un pilier de marbre. Le roi vint le premier, plus beau et plus aimable qu'il eût été de sa vie. Truitonne parut ensuite richement vêtue et si laide, qu'elle en faisait peur. Elle regarda la reine en fronçant le sourcil. Qui es-tu, lui dit-elle pour oser t'approcher de mon excellente figure, et si près de mon trône d'or? Je me nomme Mie-Souillon, répondit-elle; je viens de loin pour vous vendre des raretés. Elle fouilla aussitôt dans son sac de toile, et en tira des bracelets d'émeraudes que le roi charmant lui avait donnés. Ho! ho! dit Truitonne, voilà de jolies vérines! en veux-tu une pièce de cinq sous?— Montrez-les, Madame, aux connaisseurs, dit la reine, et puis nous ferons notre marché. Truitonne, qui aimait le roi plus tendrement qu'une telle bête n'en était capable, étant ravie de trouver des occasions de lui parler, s'avança jusqu'à son trône, et lui montra les bracelets, le priant de lui en dire son sentiment. A la vue de ces bracelets il se souvint de ceux qu'il avait donnés à Florine; il pâlit, soupira, et fut longtemps sans répondre. Enfin, craignant qu'on s'aperçût de l'état où ses différentes pensées le réduisaient, il se fit un effort, et lui répliqua : ces bracelets valent, je crois, autant que mon royaume; je pensais qu'il n'y en avait qu'une paire au monde, mais en voilà de semblables.

Truitonne revint sur son trône, où elle avait moins bonne mine qu'une huître à l'écaille; elle demanda à la reine combien sans surfaire, elle voulait de ces bracelets. Vous auriez trop de peine à me les payer, Madame, dit-elle, il vaut mieux vous proposer un autre marché : si vous voulez me permettre de coucher une nuit dans le cabinet des Échos, qui est au palais du roi, je vous donnerai mes émeraudes. Je le veux bien, Mie-Souillon, dit Truitonne en riant comme une perdue, et montrant des dents plus longues que les défenses d'un sanglier.

Le roi ne s'informa point d'où venaient ces bracelets, moins par indifférence pour celle qui les représentait (bien qu'elle ne fût guère propre à faire naître la curiosité) que par un éloignement invincible qu'il sentait pour Truitonne. Or, il est à propos qu'on sache que pendant qu'il était Oiseau bleu, il avait conté à la princesse qu'il y avait sous son appartement un cabinet qu'on appelait le cabinet des Échos, qui était si ingénieusement fait, que tout ce qui s'y disait fort bas était entendu du roi, lorsqu'il était couché dans sa chambre; et comme Florine voulait lui reprocher son infidélité, elle n'avait point imaginé de meilleur moyen.

On la mena dans le cabinet par ordre de Truitonne; elle commença ses plaintes et ses regrets. Le malheur dont je voulais douter n'est que trop certain, cruel Oiseau bleu, dit-elle; tu m'as oubliée, tu aimes mon indigne rivale! les bracelets que j'ai reçus de ta déloyale main n'ont pu me rappeler à ton souvenir, tant j'en suis éloignée! Alors les sanglots interrompirent ses paroles; et quand elle eut assez de force pour parler, elle se plaignit encore, et continua jusqu'au jour. Les valets de chambre l'avaient entendue toute la nuit gémir et soupirer; ils le dirent à Truitonne, qui lui demanda quel tintamarre elle avait fait toute la nuit. La reine lui dit qu'elle dormait si bien, qu'ordinairement elle rêvait, et qu'elle parlait très souvent tout haut. Pour le roi, il ne l'avait point entendue, par une fatalité étrange; c'est que depuis qu'il avait aimé Florine, il ne pouvait plus dormir, et, lorsqu'il se mettait au lit pour se reposer un peu, on lui donnait de l'opium.

La reine passa une partie du jour dans une étrange inquiétude. S'il m'a entendue, disait-elle, se peut-il une indifférence plus cruelle? S'il ne m'a pas entendue, que feraije pour parvenir à me faire entendre? Il ne se trouvait plus de raretés extraordinaires, car des pierreries sont toujours belles; mais il fallait quelque chose qui piquât le goût de Truitonne : elle eut recours à ses œufs. Elle en cassa un, aussitôt en sortit un petit carrosse d'acier poli, garni d'or de rapport; il était attelé de six souris vertes, conduites par un raton couleur de rose, le postillon, qui était aussi de famille ratonienne, était gris de lin. Il y avait dans ce carrosse quatre marionnettes plus fringantes et plus spirituelles que toutes celles qui paraissent aux foires et dans tous les endroits du monde; elles fai-

saient des choses surprenantes, particulière ·
ment deux petites Égyptiennes, qui, pour
danser la sarabande et le passe-pied, ne l'au-
·raient pas cédé aux plus célèbres danseurs.

La reine demeura ravie de ce nouveau
chef-d'œuvre de l'art nécromancien : elle ne
dit mot qu'au soir, qui était l'heure que Truitonne allait à la promenade; elle se mit dans
une allée, faisant galoper ses souris, qui
traînaient le carrosse, la raton et les marionnettes. Cette nouveauté étonna si fort Truitonne, qu'elle s'écria deux ou trois fois : Mie-
Souillon, Mie Souillon, veux-tu cinq sous
du carrosse et de ton attelage souriquois?
— Demandez aux gens de lettres et aux doc-
teurs de ce royaume, dit Florine, ce qu'une
telle merveille peut valoir, et je m'en rap-
porterai à l'estimation du plus savant. Truitonne, qui était absolue en tout, lui répliqua :
Sans m'importuner davantage de ta crasseuse présence, dis-m'en le prix. — Dormir
encore dans le cabinet des Échos, dit-elle, est
tout ce que je demande. — Va, pauvre bête,
répliqua Truitonne, tu ne seras pas refusée,
et se tournant vers ses dames : voilà une sotte
créature, dit-elle, de retirer si peu d'avantages de ses raretés.

La nuit vint : Florine dit tout ce qu'elle
put imaginer de plus tendre, et elle le dit
aussi inutilement qu'elle avait déjà fait; parce
que le roi ne manquait jamais de prendre son

opium. Les valets de chambre disaient entre eux : sans doute cette paysanne est folle, qu'est-ce qu'elle raisonne toute la nuit? avec cela, disaient les autres, il ne laisse pas d'y avoir de l'espoir et de la passion dans ce qu'elle conte. Elle attendait impatiemment le jour pour savoir quel effet ses discours auraient produit. Quoi! ce barbare est devenu sourd à ma voix? disait-elle. Il n'entend plus sa chère Florine! Ah! quelle faiblesse de l'aimer encore! Que je mérite bien les marques de mépris qu'il me donne! Mais elle y pensait inutilement; elle ne pouvait se guérir de sa tendresse. Il n'y avait plus qu'un œuf dans son sac dont elle dût espérer du secours; elle le cassa; il en sortit un pâté de six oiseaux qui étaient bardés, cuits et fort bien apprêtés : avec cela ils chantaient merveilleusement bien, disaient la bonne aventure, et savaient mieux la médecine qu'Esculape. La reine resta charmée d'une chose si admirable, elle fut avec son pâté parlant dans l'antichambre de Truitonne.

Pendant que Florine attendait le passage de Truitonne, un des vallets de chambre du roi s'approcha d'elle, et lui dit : Ma Mie-Souillon, savez-vous bien que si le roi ne prenait pas de l'opium pour dormir, vous l'étourdiriez assurément, car vous jasez la nuit d'une manière surprenante. Dès lors, Florine ne s'étonna plus si le roi ne l'avait pas entendue; elle fouilla dans son sac, et lui dit : Je crains si peu d'interrompre le repos du roi, que si vous voulez ne point lui donner d'opium ce soir, en cas que je couche dans ce même cabinet, toutes ces perles et tous ces diamants seront pour vous. Le valet de chambre y consentit, et lui donna sa parole.

A quelque moment de là, Truitonne vint; elle aperçut la reine avec son pâté, qui feignait de le vouloir manger : Que fais-tu là, Mie-Souillon? lui dit-elle. — Madame, répliqua Florine, je mange des astrologues, des musiciens et des médecins. En même temps, tous les oiseaux se mettent à chanter plus mélodieusement que des sirènes; puis ils s'écrièrent : Donnez la pièce blanche! et nous vous dirons votre bonne aventure. Un canard qui dominait, dit plus haut que les autres : can, can, can, je suis médecin, je guéris de tous maux et de toute sorte de folie hormis de celle d'amour. Truitonne, plus surprise de tant de merveilles qu'elle l'eût été de ses jours, jura : Par le vertuchon, voilà un excellent pâté, je le veux avoir; ça, ça, Mie-Souillon, que t'en donnerai-je?— Le prix ordinaire, dit-elle, coucher dans le cabinet des Échos, et rien davantage. — Tiens, dit généreusement Truitonne (car elle était de belle humeur) pour l'acquisition d'un tel pâté, tu en auras une pistole. Florine plus contente qu'elle l'eût encore été, parce qu'elle espérait que le roi l'entendrait, se retira en la remerciant.

Dès que la nuit parut, elle se fit conduire dans le cabinet, souhaitant avec ardeur que le valet de chambre lui tînt parole, et qu'au lieu de donner de l'opium au roi, il lui présentât quelque autre chose qui pût le tenir éveillé. Lorsqu'elle crut que chacun s'était endormi, elle commença ses plaintes ordinaires. A combien de périls me suis-je exposée, disait-elle, pour te chercher, pendant que tu me fuis, et que tu veux épouser Truitonne. Que t'ai-je donc fait, cruel! pour oublier tes serments? Souviens-toi de ta métamorphose, de mes bontés, de nos tendres conversations. Elle les répéta presque toutes avec une mémoire qui prouvait assez que rien ne lui était plus cher que ce souvenir.

Le roi ne dormait point, et il entendait distinctement la voix de Florine et toutes ses paroles, qu'il ne pouvait comprendre d'où elles venaient; mais son cœur pénétré de tendresse, lui rappela si vivement l'idée de son incomparable princesse, qu'il sentit sa séparation avec la même douleur qu'au moment où les couteaux l'avaient blessé sur le cyprès. Il se mit à parler de son côté comme la reine avait fait du sien. Ah! princesse, dit-il, trop cruelle pour un amant qui vous adorait! est-il possible que vous m'ayez sacrifié à nos communs ennemis? Florine entendit ce qu'il disait, et ne manqua pas de lui répondre et de lui apprendre que s'il voulait entretenir la Mie-Souillon, il serait éclairci de tous les mystères qu'il n'avait pu pénétrer jusqu'alors. A ces mots, le roi impatient, appela un de ses valets de chambre, et lui demanda s'il ne pouvait point trouver Mie-Souillon et l'amener? Le valet de chambre répliqua que rien n'était plus aisé, parce qu'elle couchait dans le cabinet des Échos.

Le roi ne savait qu'imaginer. Quel moyen de croire qu'une si grande reine que Florine fût déguisée en Souillon? et quel moyen de croire que Mie-Souillon ait la voix de la reine et sût des secrets si particuliers, à moins que ce ne fût elle-même! Dans cette incertitude; il se leva et s'habilla avec précipitation; il descendit par un escalier dérobé dans le cabinet des Échos, dont la reine avait ôté la clef; mais le roi en avait une qui ouvrait toutes les portes du palais.

Il la trouva avec une légère robe de taffetas blanc qu'elle portait sous ses vilains habits : ses beaux cheveux couvraient ses épaules; elle était couchée sur un lit de repos, et une lampe un peu éloignée ne rendait qu'une lumière sombre. Le roi entra tout d'un coup, et son amour l'emportant sur son ressentiment, dès qu'il la reconnut il vint se jeter à ses pieds; il mouilla ses mains de ses larmes.

et pensa mourir de joie, de douleur, et de mille pensées qui lui passèrent en même temps dans l'esprit.

La reine ne demeura pas moins troublée; son cœur se serra, elle pouvait à peine respirer : elle regardait fixement le roi sans lui rien dire, et quand elle eut la force de lui parler, elle n'eut pas celle de lui faire des reproches, le plaisir de le revoir lui fit oublier pour quelque temps les sujets de plaintes qu'elle croyait avoir : enfin ils s'éclaircirent, ils se justifièrent; leur tendresse se réveilla; et tout ce qui les embarrassait, c'était la fée Soussio.

Mais dans ce moment, l'enchanteur, qui aimait le roi, arriva avec une fée fameuse : c'était justement celle qui donna les quatre œufs à Florine. Après les premiers compliments, l'enchanteur et la fée déclarèrent que leur pouvoir étant uni en faveur du roi et de la reine, Soussio ne pouvait rien contre eux, et qu'ainsi leur mariage ne recevrait aucun retardement.

Il est aisé de se figurer la joie de ces deux jeunes amants : dès qu'il fut jour, on publia leur mariage dans le palais, et chacun était ravi de voir Florine. Ces nouvelles allèrent jusqu'à Truitonne; elle accourut chez le roi : quelle surprise d'y trouver sa belle rivale! Dès qu'elle voulut ouvrir la bouche pour lui dire des injures, l'enchanteur et la fée parurent qui la métamorphosèrent en truie, afin qu'il lui restât au moins une partie de son nom et de son naturel grondeur. Elle s'enfuit toujours grognant jusqu'à la basse-cour, où de longs éclats de rire que l'on fit sur elle, achevèrent de la désespérer.

Le roi Charmant et la reine Florine délivrés d'une personne si odieuse, ne pensèrent plus qu'à la fête de leurs noces; la galanterie et la magnificence y parurent également. Il est aisé de juger de leur félicité après de si longs malheurs.

Moralité.

Quand Truitonne aspirait à la main de Charmant;
    Et que, sans avoir su lui plaire,
Elle voulait former ce triste engagement,
    Que la mort seule peut défaire :
    Qu'elle était imprudente, hélas !
Sans doute elle ignorait qu'un pareil mariage
    Devient un funeste esclavage
    Si l'amour ne le forme pas.
    Je trouve que Charmant fut sage.
    A mon sens, il vaut beaucoup mieux
Être Oiseau bleu, Corbeau, devenir Hibou même,
    Que d'éprouver la peine extrême
D'avoir ce que l'on hait toujours devant les yeux.
En ces sortes d'hymen notre siècle est fertile.
Tous les hymens seraient heureux
Si l'on trouvait encor quelque enchanteur habile
Qui voulût s'opposer à ces coupables nœuds
Et ne jamais souffrir que l'hyménée unisse,
    Par intérêt ou par caprice,
Deux cœurs infortunés, s'ils ne s'aiment tous deux.

7.

LA BELLE AUX CHEVEUX D'OR.

CONTE.

Il y avait une fois la fille d'un roi qui était si belle qu'il n'y avait rien de si beau au monde; et à cause qu'elle était si belle on la nommait la Belle aux cheveux d'or, car ses cheveux étaient plus fins que de l'or et blonds par merveille, tout frisés, qui lui tombaient jusque sur les pieds. Elle allait toujours couverte de ses cheveux bouclés, avec une couronne de fleurs sur la tête, et des habits brodés de diamants et de perles, tant qu'on ne pouvait la voir sans l'aimer.

Il y avait un jeune roi de ses voisins, qui n'etait pas marié, et qui était bien fait et bien riche. Quand il eut appris tout ce qu'on disait de la belle aux cheveux d'or, bien qu'il ne l'eût point encore vue, il se prit à l'aimer si fort, qu'il en perdait le boire et le manger, et il résolut de lui envoyer un ambassadeur pour la demander en mariage. Il fit faire un carrosse magnifique à son ambassadeur, il lui donna plus de cent chevaux et cent laquais, et lui recommanda bien de lui amener la princesse.

Quand il eut pris congé du roi et qu'il fut parti, toute la cour ne parlait d'autre chose, et le roi, qui ne doutait pas que la Belle aux cheveux d'or ne consentît à ce qu'il souhaitait, lui faisait déjà faire de belles robes et des meubles admirables. Pendant que les ouvriers étaient occupés à travailler, l'ambassadeur arriva chez la Belle aux cheveux d'or, lui fit son petit message; mais soit qu'elle ne fût pas ce jour-là de bonne humeur, ou que le compliment ne lui semblât pas à son gré, elle répondit à l'ambassadeur qu'elle remerciait le roi, et qu'elle n'avait pas envie de se marier.

L'ambassadeur partit de la cour de cette princesse, bien triste de ne la pas emmener avec lui; il rapporta tous les présents qu'il lui avait portés de la part du roi, car elle était fort sage, et savait bien qu'il ne faut pas que les filles reçoivent rien des garçons. Ainsi elle ne voulut jamais accepter les beaux diamants et le reste ; et, pour ne pas mécontenter le roi, elle prit seulement un quarteron d'épingles d'Angleterre.

Quand l'ambassadeur arriva à la grande ville du roi, où il était attendu impatiemment, chacun s'affligea de ce qu'il n'amenait point la Belle aux cheveux d'or ; et le roi se prit à pleurer comme un enfant : on cherchait à le consoler sans pouvoir en venir à bout.

Il y avait un jeune garçon à la cour, qui était beau comme le soleil, et le mieux fait de tout le royaume ; à cause de sa bonne grâce et de son esprit, on le nommait Avenant. Tout le monde l'aimait, hors les envieux qui étaient fâchés que le roi lui fît du bien, et qu'il lui confiât tous les jours ses affaires.

Avenant se trouva avec des personnes qui parlaient du retour de l'ambassadeur, et qui disaient qu'il n'avait rien fait qui vaille ; il leur dit, sans y prendre trop garde : si le roi m'avait envoyé vers la Belle aux cheveux d'or, je suis certain qu'elle serait venue avec moi. Tout aussitôt ces méchantes gens vont dire au roi : Sire, vous ne savez pas ce que dit Avenant ? que si vous l'aviez envoyé chez la Belle aux cheveux d'or, il l'aurait amenée. Considérez bien sa malice ; il prétend être plus beau que vous, et qu'elle l'aurait tant aimé, qu'elle l'aurait suivi partout. Voilà le roi qui se met en colère tant et tant qu'il était hors de lui. Ha! ha! dit-il, ce joli mignon, se moque de mon malheur, et il se prise plus que moi; allons, qu'on le mette dans ma grosse tour et qu'il y meure de faim.

Les gardes du roi furent chez Avenant, qui ne pensait plus à ce qu'il avait dit; ils le traînèrent en prison, et lui firent mille maux. Ce pauvre garçon n'avait qu'un peu de paille pour se coucher, et il serait mort, sans une petite fontaine qui coulait dans le pied de la tour, dont il buvait un peu pour se rafraîchir; car la faim lui avait bien séché la bouche.

Un jour qu'il n'en pouvait plus, il disait en soupirant : De quoi se plaint le roi? il n'a point de sujet qui lui soit plus fidèle que moi; je ne l'ai jamais offensé. Le roi, par hasard, passait proche de la tour, et quand il entendit la voix de celui qu'il avait tant aimé, il s'arrêta malgré ceux qui étaient avec lui, qui haïssaient Avenant et qui disaient au roi : A quoi vous amusez-vous, Sire? Ne savez-vous pas que c'est un fripon? Le roi répondit : Laissez moi là, je veux l'écouter. Ayant ouï ses plaintes, les larmes lui en vinrent aux yeux, il ouvrit la porte de la tour et l'appela. Avenant vint tout triste se mettre à genoux devant lui et baisa ses pieds. Que vous ai-je fait, Sire, lui dit-il, pour me traiter si rudement? — Tu t'es moqué de moi et de mon ambassadeur, dit le roi; tu as dit que si je t'avais envoyé chez la Belle aux cheveux d'or, tu l'aurais bien amenée.—Il est vrai, Sire, répondit Avenant, que je lui aurais si bien fait connaître vos grandes qualités, que je suis persuadé qu'elle n'aurait pu s'en défendre; et en cela je n'ai rien dit qui ne vous dût être agréable. Le roi trouva qu'effectivement il n'avait point tort, il regarda de travers ceux qui lui avaient dit du mal de son favori, et il l'amena avec lui, se repentant bien de la peine qu'il lui avait faite.

Après l'avoir fait souper à merveille, il l'appela dans son cabinet, et lui dit : Avenant, j'aime toujours la Belle aux cheveux d'or; ses refus ne m'ont point rebuté; mais je ne sais comment m'y prendre pour qu'elle veuille m'épouser; j'ai envie de t'y envoyer pour voir si tu pourras réussir. Avenant répliqua qu'il était disposé à lui obéir en toutes choses, qu'il partirait dès le lendemain. Oh! dit le roi, je veux te donner un grand équipage. Cela n'est pas nécessaire, répondit-il, il ne faut qu'un bon cheval, avec des lettres de votre part. Le roi l'embrassa; car il était ravi de le voir sitôt prêt.

Ce fut un lundi matin qu'il prit congé du roi et de ses amis pour aller à son ambassade, tout seul, sans pompe et sans bruit. Il ne faisait que rêver aux moyens d'engager la Belle aux cheveux d'or à épouser le roi; il avait une écritoire dans sa poche, et quand il lui venait quelque belle pensée dans sa harangue, il descendait de cheval et s'asseyait sous des arbres pour écrire, afin de ne rien oublier. Un matin, qu'il était parti à la pointe du jour, en passant dans une grande prairie, il lui vint une pensée fort jolie. Il mit pied à terre et se plaça contre des saules et des peupliers qui étaient plantés le long d'une petite rivière qui coulait au bord d'un pré. Après qu'il eut écrit, il regarda de tous côtés, charmé de se trouver dans un si bel endroit. Il aperçut sur l'herbe une grosse carpe dorée qui bâillait et qui n'en pouvait plus, car ayant voulu attraper des petits moucherons, elle avait sauté si haut hors de l'eau, qu'elle s'était élancée sur l'herbe où elle était près de mourir. Avenant en eut pitié, et quoiqu'il fût jour maigre, et qu'il eût pu l'emporter pour son dîner, il fut la prendre et la remit doucement dans la rivière. Dès que ma commère la carpe sentit la fraîcheur de l'eau, elle commença à se réjouir, et se laissa couler jusqu'au fond; puis, revenant toute gaillarde au bord de la rivière : Avenant, dit-elle, je vous remercie du service que vous venez de me rendre; sans vous je serais morte, et vous m'avez sauvée : je vous le revaudrai. Après ce petit compliment, elle s'enfonça dans l'eau, et Avenant demeura bien surpris de l'esprit et de la grande civilité de la carpe.

Un autre jour, qu'il continuait son voyage, il vit un corbeau bien embarrassé : ce pauvre oiseau était poursuivi par un gros aigle (grand mangeur de corbeau); il était près de l'attraper; et il l'aurait avalé comme une lentille, si Avenant n'eût eu compassion du malheur de cet oiseau. Voilà, dit-il, comme les plus forts oppriment les plus faibles : quelle raison a l'aigle de manger le corbeau? Il prend son arc, qu'il portait toujours, et une flèche, puis mirant bien l'aigle, crac, il lui décoche la flèche dans le corps, et le perce de part en part; il tombe mort; et le corbeau ravi vint se percher sur un arbre. Avenant, lui dit-il, vous êtes bien généreux de m'avoir secouru, moi qui ne suis qu'un misérable corbeau; mais je n'en demeurerai pas ingrat : je vous le revaudrai.

Avenant admira le bon esprit du corbeau, et continua son chemin. En entrant dans un grand bois, si matin qu'il ne voyait qu'à peine à se conduire, il entendit un hibou qui criait en hibou désespéré. Ouais, dit-il, voilà un hibou bien affligé, il pourrait s'être laissé prendre dans quelques filets; il chercha de tous côtés, et enfin il trouva de grands filets que les oiseleurs avaient tendus la nuit pour attraper les oisillons. Quelle pitié! dit-il, les hommes ne sont faits que pour s'entretour-

menter, ou pour persécuter de pauvres ani-
maux, qui ne leur font ni tort ni dommage;
il tira son couteau et coupa les cordelettes.
Le hibou prit son essor, mais revenant à tire-
d'ailes: Avenant, dit-il, il n'est pas nécessaire que je vous fasse une longue harangue,
pour vous faire comprendre l'obligation que
je vous ai; elle parle assez d'elle-même : les
chasseurs allaient venir; j'étais pris, j'étais
mort, sans votre secours : j'ai le cœur reconnaissant, je vous le revaudrai.

Voilà les trois plus considérables aventures qui arrivèrent à Avenant dans son voyage ;
il était si pressé d'arriver qu'il ne tarda pas à se
rendre au palais de la Belle aux cheveux d'or.
Tout y était admirable, l'on y voyait les diamants entassés comme des pierres, les beaux
habits, le bonbon, l'argent! c'étaient des
choses merveilleuses; et il pensait en lui-
même que, si elle quittait tout cela pour
venir chez le roi son maître, il faudrait qu'il
jouât bien de bonheur. Il prit un habit de
brocart, des plus incarnates et blanches, il
se peigna, se poudra, se lava le visage; il mit
à son cou une riche écharpe toute brodée,
avec un petit panier, et dedans un beau petit
chien qu'il avait acheté en passant à Bologne.
Avenant était si bien fait, si aimable; il faisait toutes choses avec tant de grâce, que, lorsqu'il se présenta à la porte du palais, tous les
gardes lui firent une grande révérence; et

l'on courut dire à la Belle aux cheveux d'or, qu'Avenant, ambassadeur du roi son plus proche voisin, demandait à la voir.

Sur ce nom d'Avenant, la princesse dit : cela porte une bonne signification ; je gagerais qu'il est joli et qu'il plaît à tout le monde. Vraiment, oui, Madame, lui dirent toutes ses filles d'honneur ; nous l'avons vu du grenier où nous accommodions votre filasse, et tant qu'il a demeuré sous les fenêtres, nous n'avons pu rien faire. Voilà qui est beau, répliqua la Belle aux cheveux d'or, de vous amuser à regarder les garçons. Ça, que l'on me donne ma grande robe de satin bien brodée, et que l'on éparpille bien mes blonds cheveux ; que l'on me fasse des guirlandes de fleurs nouvelles ; que l'on me donne mes souliers hauts et mon éventail ? que l'on balaie ma chambre et mon trône, car je veux qu'il dise partout que je suis vraiment la Belle aux cheveux d'or.

Voilà toutes les femmes qui s'empressent de la parer comme une reine ; elles étaient si hâtées, qu'elles s'entrecognaient et n'avançaient guère. Enfin, la princesse passa dans sa galerie aux grands miroirs, pour voir si rien ne lui manquait, et puis elle monta sur son trône d'or, d'ivoire et d'ébène, qui sentait comme baume ; elle commanda à ses filles de prendre des instruments, et de chanter tout doucement pour n'étourdir personne.

L'on conduisit Avenant dans la salle d'audience; il demeura si transporté d'admiration, qu'il a dit depuis, bien des fois, qu'il ne pouvait presque plus parler; néanmoins, il prit courage, et fit sa harangue à merveille; il pria là princesse qu'il n'eût pas le déplaisir de s'en revenir sans elle. Gentil Avenant, lui dit-elle, toutes les raisons que vous venez de me conter sont fort bonnes, et je vous assure que je serais bien aise de vous favoriser plus qu'un autre; mais il faut que vous sachiez qu'il y a un mois que je fus me promener sur la rivière avec toutes mes dames, et comme l'on me servit la collation, en ôtant mon gant, je tirai de mon doigt une bague, qui tomba par malheur dans la rivière, je la chérissais plus que mon royaume; je vous laisse juger de quelle affliction cette perte fut suivie : j'ai fait serment de n'écouter jamais aucune proposition de mariage, que l'ambassadeur qui me proposera un époux ne me rapporte ma bague. Voyez à présent ce que vous avez à faire là-dessus : car, quand vous me parleriez quinze jours et quinze nuits, vous ne me persuaderiez pas de changer de sentiment.

Avenant demeura bien étonné de cette réponse; il lui fit une profonde révérence, et la pria de recevoir le petit chien, le panier et l'écharpe; mais elle lui répliqua qu'elle ne voulait point de présents, et qu'il songeât à ce qu'elle venait de lui dire.

Quand il fut retourné chez lui, il se coucha sans souper; et son petit chien, qui s'appelait Cabriole, ne voulut point souper non plus; il vint se mettre auprès de lui. Tant que la nuit fut longue, Avenant ne cessa de soupirer. Où puis-je prendre une bague tombée depuis un mois dans une grande rivière, disait-il? c'est toute folie de l'entreprendre. La princesse ne m'a dit cela que pour me mettre dans l'impossibilité de lui obéir. Il soupirait et s'affligeait très fort; Cabriole, qui l'écoutait, lui dit : Mon cher maître, je vous prie, ne désespérez point de votre bonne fortune; vous êtes trop aimable pour n'être pas heureux : allons, dès qu'il fera jour, au bord de la rivière. Avenant lui donna deux petits coups de la main et ne répondit rien, mais tout accablé de tristesse, il s'endormit.

Cabriole voyant le jour, cabriola tant qu'il l'éveilla; il lui dit, mon cher maître, habillez-vous et sortons. Avenant le voulut bien; il se lève, s'habille et descend dans le jardin, et du jardin il va insensiblement au bord de la rivière, où il se promenait son chapeau sur ses yeux et ses bras croisés l'un sur l'autre, ne pensant qu'à son départ, quand tout à coup il entendit qu'on l'appelait : Avenant! Avenant! il regarde de tous côtés et ne voit personne; il crut rêver. Il continue sa promenade; on le rappelle : Avenant! Avenant? Qui m'appelle? dit-il. Cabriole, qui était fort petit, et

qui regardait de près dans l'eau lui répliqua :
Ne me croyez jamais, si ce n'est une carpe
dorée que j'aperçois. Aussitôt la grosse carpe
paraît, et dit : Avenant, vous m'avez sauvé
la vie dans le pré des Alisiers, où je serais
restée sans vous ; je vous promis de vous le
revaloir : Tenez, cher Avenant, voici la bague
de la Belle aux cheveux d'or. Il se baissa, et
la prit dans la gueule de ma commère la carpe,
qu'il remercia mille fois.

Au lieu de retourner chez lui, il fut droit
au palais avec le petit Cabriole, qui était bien
aise d'avoir fait venir son maître au bord de
l'eau. L'on alla dire à la princesse qu'Avenant
demandait à la voir : Hélas! dit-elle, le pauvre garçon, il vient prendre congé de moi ; il
a considéré la chose comme impossible, et il
va le dire à son maître. L'on fit entrer Avenant, qui présenta à la Belle aux cheveux
d'or sa bague, et lui dit : Madame, voilà votre
commandement fait ; vous plaît-il de recevoir
le roi mon maître pour époux ? Quand elle
vit sa bague, où il ne manquait rien, elle
resta si étonnée, si étonnée, qu'elle croyait
rêver. Vraiment, dit-elle, gracieux Avenant,
il faut que vous soyez favorisé par quelque
fée, car naturellement cela n'est pas possible.
Madame, dit-il, je n'en connais aucune ; mais
j'avais bien envie de vous obéir. Puisque vous
avez si bonne volonté, continua-t-elle, il faut
que vous me rendiez un autre service, sans

lequel je ne me marierai jamais. Il y a un prince, qui n'est pas éloigné d'ici, appelé Galifron, lequel s'était mis dans l'esprit de m'épouser. Il me fit déclarer son dessein avec des menaces épouvantables, que si je le refusais, il désolerait mon royaume ; mais jugez si je pouvais l'accepter : c'est un géant qui est plus haut qu'une tour : il mange un homme comme un singe mange un marron. Quand il va à la campagne, il porte dans ses poches de petits canons, dont il se sert au lieu de pistolets, et lorsqu'il parle bien haut, ceux qui sont près de lui deviennent sourds. Je lui mandais que je ne voulais point me marier, et qu'il m'excusât ; cependant il n'a point laissé de me persécuter, il tue tous mes sujets ; et, avant toutes choses, il faut vous battre contre lui, et m'apporter sa tête.

Avenant demeura un peu étourdi de cette proposition ; il rêva quelques minutes, et puis il dit : Eh bien, Madame, je combattrai Galifron, je crois que je serai vaincu ; mais je mourrai en brave homme. La princesse resta bien étonnée : elle lui dit mille choses pour l'empêcher de faire cette entreprise. Cela ne servit à rien ; il se retira pour aller chercher ses armes et tout ce qu'il lui fallait. Quand il eut ce qu'il voulait, il remit le petit Cabriole dans son panier, il monta sur son beau cheval, et fut dans le pays de Galifron. Il demandait de ses nouvelles à ceux qu'il rencontrait, et chacun lui disait que c'était un vrai démon dont on n'osait approcher. Plus il entendait dire cela, plus il avait peur. Cabriole le rassurait et lui disait : Mon cher maître, pendant que vous vous battrez j'irai lui mordre les jambes ; il baissera la tête pour me chasser et vous le tuerez. Avenant admirait l'esprit du petit chien, mais il savait assez que son secours ne suffirait pas.

Enfin il arriva proche du château de Galifron ; tous les chemins étaient couverts d'os et de carcasses d'hommes qu'il avait mangés ou mis en pièces. Il ne l'attendit pas longtemps, qu'il le vit venir à travers d'un bois ; sa tête passait les plus grands arbres, et il chantait d'une voix épouvantable :

> Où sont les petits enfants,
> Que je les croque à belles dents.
> Il m'en faut tant et tant
> Que le monde n'est suffisant.

Aussitôt Avenant se mit à chanter sur le même air :

> Approche, voici Avenant,
> Qui t'arrachera les dents :
> Bien qu'il ne soit pas des plus grands
> Pour te battre il est suffisant.

Les rimes n'étaient pas régulières ; mais il fit la chanson fort vite, et c'est même un miracle comme il ne la fit pas plus mal ; car il avait horriblement peur. Quand Galifron entendit ces paroles, il regarda de tous côtés, et il aperçut Avenant l'épée à la main, qui lui dit deux ou trois injures pour l'irriter. Il n'en fallut pas tant, il se mit d'une colère effroyable, et prenant une massue toute de fer, il aurait assommé du premier coup le gentil Avenant, sans un corbeau qui vint se mettre sur le haut de sa tête, et avec son bec il lui donna si juste dans les yeux, qu'il les creva : son sang coulait sur son visage ; il était comme un désespéré, frappant de tous côtés. Avenant l'évitait et lui portait de grands coups d'épée, qu'il enfonçait jusqu'à la garde, et faisaient mille blessures, par où il perdit tant de sang qu'il tomba. Aussitôt Avenant lui coupa la tête, bien ravi d'avoir été si heureux ; et le corbeau qui s'était perché sur un arbre, lui dit : Je n'ai pas oublié le service que vous me rendîtes en tuant l'aigle qui me poursuivait ; je vous promis de m'en acquitter ; je crois l'avoir fait aujourd'hui. C'est moi qui vous dois tout, monsieur du Corbeau, répliqua Avenant ; je demeure votre serviteur. Il monta aussitôt à cheval chargé de l'épouvantable tête de Galifron.

Quand il arriva dans la ville, tout le monde le suivait, et criait : Voici le brave Avenant qui vient de tuer le monstre ! De sorte que la princesse, qui entendit bien du bruit, et qui tremblait qu'on ne lui vînt apprendre la mort d'Avenant, n'osait demander ce qu'il lui était arrivé, mais elle vit entrer Avenant avec la tête du géant, qui ne laissa pas de lui faire encore peur, bien qu'il n'y eût plus rien à craindre. Madame, lui dit-il, votre ennemi est mort, j'espère que vous ne refuserez plus le roi mon maître. — Ah! si fait, dit la Belle aux cheveux d'or, je le refuserai, si vous ne trouvez moyen, avant mon départ, de m'apporter de l'eau de la grotte ténébreuse.

Il y a proche d'ici une grotte profonde, qui a bien six lieues de tour; on trouve à l'entrée deux dragons qui empêchent qu'on y entre : ils ont du feu dans la gueule, dans les yeux; puis lorsqu'on est dans la grotte, on trouve un grand trou dans lequel il faut descendre; il est plein de crapauds, de couleuvres et de serpents. Au fond de ce trou il y a une petite cave où coule la fontaine de beauté et de santé ; c'est de cette eau que je veux absolument. Tout ce qu'on en lave devient merveilleux ; si l'on est belle, l'on demeure toujours belle, si l'on est laide, on devient belle ; si l'on est jeune, on reste jeune; si l'on est vieille, on devient jeune. Vous jugez bien, Avenant, que je ne quitterai pas mon royaume sans en emporter.

Madame, lui dit-il, vous êtes si belle que cette eau vous est bien inutile; mais je suis un malheureux ambassadeur dont vous voulez la mort; je vais vous allez chercher ce que vous désirez, avec la certitude de ne pouvoir revenir.

La Belle aux cheveux d'or ne changea point de dessein, et Avenant partit avec le petit chien Cabriole pour aller à la Grotte ténébreuse, chercher de l'au de beauté. Tous ceux qui le rencontraient sur le chemin, disaient : c'est une pitié de voir un garçon si aimable s'aller perdre de gaieté de cœur ; il va seul à la Grotte, et quand il irait lui centième, il n'en pourrait venir à bout. Pourquoi la princesse ne veut-elle que des choses impossibles? Il continuait de marcher, et ne disait pas un mot, mais il était bien triste.

Il arriva vers le haut d'une montagne où il s'assit pour se reposer un peu, et il laissa paître son cheval et courir Cabriole après des mouches. Il savait que la Grotte ténébreuse n'était pas loin de là ; il regardait s'il ne la verrait point. Enfin, il aperçut un vilain rocher, noir comme de l'encre, d'où sortait une grosse fumée, et au bout d'un moment, un des dragons, qui jetait du feu par les yeux et par la gueule ; il avait le corps jaune et vert, des griffes et une longue queue qui faisait plus de cent tours. Cabriole vit tout cela, il ne savait où se cacher tant il avait peur.

Avenant, tout résolu de mourir, tira son épée, et descendit avec une fiole que la Belle aux cheveux d'or lui avait donnée pour la remplir de l'eau de beauté. Il dit à son petit chien Cabriole : C'est fait de moi ! je ne pourrai jamais avoir de cette eau qui est gardée

par des dragons. Quand je serai mort, rem-
plis la fiole de mon sang, et porte-la à la
princesse, pour qu'elle voie ce qu'elle me
coûte, et puis va trouver le roi mon maître
et lui conte mon malheur. Comme il parlait
ainsi, il entendit qu'on l'appelait : Avenant!
Avenant! Il dit: Qui m'appelle? et il vit un
hibou dans le tronc d'un vieux arbre, qui lui
dit : Vous m'avez retiré du filet des chasseurs où j'étais pris, et vous me sauvâtes la
vie; je vous promis que je vous le revau-
drais, en voici le temps : donnez-moi votre
fiole; je sais tous les chemins de la Grotte ténébreuse, je vais vous quérir de l'eau de
beauté. Dame! qui fut bien aise? je vous le
laisse à penser. Avenant lui donna vite sa
fiole, et le hibou entra sans nul empêchement
dans la grotte. En moins d'un quart d'heure,
il revint rapporter la bouteille bien bouchée.
Avenant fut ravi, il remercia de tout son
cœur et remontant la montagne, il reprit le
chemin de la ville tout joyeux.

Il alla droit au palais, il présenta la fiole à
la Belle aux cheveux d'or, qui n'eut plus
rien à dire. Elle remercia Avenant, et donna
ordre à tout ce qu'il lui fallait pour partir;
puis elle se mit en voyage avec lui. Elle le
trouvait bien aimable, et elle lui disait quelquefois : Si vous aviez voulu, je vous aurais
fait roi, nous ne serions pas sortis de mon
royaume; mais il répondit : Je ne voudrais

pas faire un si grand déplaisir à mon maître pour tous les royaumes de la terre, quoique je vous trouve plus belle que le soleil.

Enfin, ils arrivèrent à la grande ville du roi, qui, sachant que la Belle aux cheveux d'or venait, alla au-devant d'elle, et lui fit les plus beaux présents du monde. Il l'épousa avec tant de réjouissance, que l'on ne parlait d'autre chose, mais la Belle aux cheveux d'or, qui aimait Avenant dans le fond de son cœur, n'était bien aise que quand elle le voyait, et elle le louait toujours. Je ne serais point venue sans Avenant, disait-elle au roi, il a fallu qu'il fasse des choses impossibles pour mon service : vous lui devez être obligé; il m'a donné de l'eau de beauté : je ne vieillirai jamais, je serai toujours belle.

Les envieux qui écoutaient la reine, dirent au roi : Vous n'êtes point jaloux, et vous avez sujet de l'être; la reine aime si fort Avenant, qu'elle en perd le boire et le manger : elle ne fait que parler de lui, des obligations que vous lui avez, comme si tel autre que vous auriez envoyé n'en eût pas fait autant. Le roi dit : Vraiment, je m'en avise; qu'on aille le mettre dans la tour avec des fers aux pieds et aux mains. L'on prit Avenant, et pour sa récompense d'avoir si bien servi son roi, on l'enferma dans la tour avec les fers aux pieds et aux mains. Il ne voyait personne que le geôlier, qui lui jetait un morceau de pain

noir par un trou et de l'eau dans une écuelle
de terre : pourtant son petit chien Cabriole
ne le quittait point ; il le consolait, et venait
lui dire toutes les nouvelles.

Quand la Belle aux cheveux d'or sut sa
disgrâce, elle se jeta aux pieds du roi, et
tout en pleurs, elle le pria de faire sortir
Avenant de sa prison. Mais plus elle le priait,
plus il se fâchait, songeant c'est qu'elle l'aime,
et il n'en voulait rien faire ; elle n'en parla
plus : elle était bien triste.

Le roi s'avisa qu'elle ne le trouvait peut-
être pas assez beau ; il eut envie de se frotter
le visage avec de l'eau de beauté afin que la
reine l'aimât plus qu'elle ne faisait. Cette eau
était dans la fiole sur le bord de la cheminée
de la chambre de la reine ; elle l'avait mise là
pour la regarder plus souvent ; mais une de
ses femmes de chambre, voulant tuer une
araignée avec un balai, jeta par malheur la
fiole par terre, qui se cassa, et toute l'eau
fut perdue. Elle balaya vitement ; et ne sachant que faire, elle se souvint qu'elle avait
vu dans le cabinet du roi une fiole toute sem-
blable, pleine d'eau claire comme était l'eau
de beauté : elle la prit adroitement sans rien
dire, et la porta sur la cheminée de la reine.

L'eau qui était dans le cabinet du roi servait à faire mourir les princes et les grands
seigneurs, quand ils étaient criminels. Au
lieu de leur couper la tête ou de les pendre,

9

on leur frottait le visage de cette eau. Ils s'endormaient et ne se réveillaient plus. Un soir donc le roi prit la fiole, et se frotta bien le visage; puis il s'endormit et mourut. Le petit chien Cabriole l'apprit des premiers, et ne manqua pas de l'aller dire à Avenant, qui le pria d'aller trouver la Belle aux cheveux d'or, et de la faire souvenir du pauvre prisonnier.

Cabriole se glissa doucement dans la presse, car il y avait grand bruit à la cour pour la mort du roi. Il dit à la reine : Madame, n'oubliez pas le pauvre Avenant. Elle se souvint aussitôt des peines qu'il avait souffertes à cause d'elle et de sa grande fidélité : elle sortit sans parler à personne et fut droit à la tour, où elle ôta elle-même les fers des pieds et des mains d'Avenant; et lui mettant une couronne d'or sur la tête, et le manteau royal sur ses épaules, elle lui dit : Venez, aimable Avenant, je vous fais roi, et vous prends pour mon époux. Il se jeta à ses pieds, et la remercia. Chacun fut ravi de l'avoir pour maître. Il se fit la plus belle noce du monde, et la Belle aux cheveux d'or vécut longtemps avec le bel Avenant, tous heureux et satisfaits.

LE PRINCE DÉSIR

ET LA

PRINCESSE MIGNONNE.

CONTE.

Il y avait une fois un roi qui aimait passionnément une princesse; mais elle ne pouvait se marier, parce qu'elle était enchantée. Il alla trouver une fée, pour savoir comment il devait faire pour être aimé de cette princesse. La fée lui dit : Vous savez que la princesse a un gros chat qu'elle aime beaucoup; elle doit épouser celui qui sera assez adroit pour marcher sur la queue de son chat. Le prince dit en lui-même : cela ne sera pas fort difficile. Il quitta donc la fée, déterminé à écraser la queue du chat plutôt que de manquer à marcher dessus. Il courut au palais de sa maîtresse; Minon vint au-devant de lui, faisant le gros dos, comme il avait coutume; le roi leva le pied; mais lorsqu'il croyait l'avoir mis sur la queue, Minon se retourna si vite, qu'il ne prit rien sous son pied. Il fut pendant huit jours à chercher à marcher sur cette fatale queue; mais il semblait qu'elle fût pleine de vif-argent, car elle remuait toujours. Enfin le roi eut le bonheur de surprendre Minon pendant qu'il était endormi, et lui appuya le pied sur la queue de toute sa force. Minon se réveilla en miaulant horriblement; *puis tout à coup il prit la figure d'un grand homme*, et regardant le prince avec des yeux pleins de colère, il lui dit : Tu épouseras la princesse, puisque tu as détruit l'enchantement qui t'en empêchait, mais je m'en vengerai: Tu auras un fils qui sera toujours malheureux jusqu'au moment où il connaîtra qu'il a le nez trop long; et, si tu parles de la menace que je te fais, tu mourras sur-le-champ. Quoique le roi fût fort effrayé de voir ce grand homme, qui était un enchanteur, il ne put s'empêcher de rire de cette menace. Si mon fils a le nez trop long, dit-il en lui-même, à moins qu'il ne soit aveugle ou manchot, il pourra toujours le voir ou le sentir. L'enchanteur ayant disparu, le roi fut trouver la princesse, qui consentit à l'épouser; mais il ne vécut pas longtemps avec elle, et mourut au bout de huit mois. Un mois après la reine mit au monde un petit prince qu'on nomma Désir. Il avait de grands yeux bleus, les plus beaux du monde; une jolie petite bouche; mais son nez était si grand, qu'il lui couvrait la moitié du visage. La reine fut inconsolable quand elle vit ce grand nez; mais les dames qui étaient à côté d'elle lui dirent que ce nez n'était pas aussi grand qu'il le lui paraissait; que c'était un nez à la romaine, et qu'on voyait par les histoires, que tous les héros avaient un grand nez. La reine, qui aimait son fils à la folie, fut charmée de ce discours, et, à force de regarder Désir, son nez ne lui parut plus aussi grand. Le prince fut élevé avec soin, et, sitôt qu'il sut parler, on faisait devant lui toutes sortes de mauvais contes sur les personnes qui avaient le nez court. On ne souffrait auprès de lui que ceux dont le nez ressemblait un peu au sien, et les courtisans, pour faire leur cour à la reine et à son fils, *tiraient plusieurs fois par jour le nez de leurs enfants, pour le faire allonger*; mais ils avaient beau faire, ils paraissaient camards auprès du prince Désir. Quand il fut raisonnable, on lui apprit l'histoire, et, quand on lui parlait de quelque grand prince ou de quelque belle princesse, on disait toujours qu'ils avaient le nez long. Toute sa chambre était pleine de tableaux où il y avait de grands nez, et Désir s'accoutuma si bien à regarder la longueur du nez comme une perfection, qu'il n'eût pas voulu, pour une couronne, faire ôter une ligne du sien. Lorsqu'il eut vingt ans, et qu'on pensa à le marier, on lui présenta le portrait de plusieurs princesses. Il fut enchanté de celui de Mignonne. C'était la fille d'un grand roi, et elle devait avoir plusieurs royaumes; mais Désir n'y pensait seulement pas, tant il était occupé de sa beauté. Cette princesse, qu'il trouvait charmante, avait pourtant un petit nez retroussé, qui faisait le plus joli effet du monde sur son visage, mais qui jeta les courtisans dans le plus grand embarras. Ils avaient pris l'habitude de se moquer des petits nez, et il leur échappait quelquefois de rire de celui de la princesse; mais Désir n'entendait pas raillerie sur cet article, et il chassa de sa cour deux courtisans qui avaient osé parler mal du nez de Mignonne. Les autres, devenus sages, par cet exemple, se corrigèrent et il y en eut un qui dit au prince qu'à la vérité un homme ne pouvait pas être aimable sans avoir un grand nez; mais que la beauté des femmes était différente, et qu'un savant, qui parlait grec, lui avait dit qu'il avait lu dans un vieux manuscrit grec que la belle Cléopâtre avait le bout du nez retroussé. Le prince fit un présent magnifique à celui qui lui dit cette bonne nouvelle, et il fit partir des ambassadeurs pour aller demander Mignonne en mariage. On la lui accorda, et il fut au-devant d'elle plus de trois lieues, tant il avait envie de la voir; mais lorsqu'il s'avançait pour lui baiser la main, on vit *descendre l'enchanteur, qui enleva la princesse à ses yeux, et le rendit inconsolable.*

Désir résolut de ne point rentrer dans son royaume qu'il n'eût retrouvé Mignonne. Il ne voulut permettre à aucun de ses courtisans de le suivre, et étant monté sur un bon cheval, il lui mit la bride sur le cou, et lui laissa prendre le chemin qu'il voulut. Le cheval entra dans une grande plaine, où il marcha toute la journée sans trouver une seule maison. Le maître et l'animal mouraient de faim; enfin, sur le soir, il vit une caverne où il y avait de la lumière. Il entra, et vit une petite vieille qui paraissait avoir plus de cent ans. Elle mit ses lunettes pour regarder le prince; mais elle fut longtemps sans pouvoir les faire tenir, parce que son nez était trop court. Le prince et la fée (car c'en était une) firent chacun un éclat de rire en se regardant, et s'écrièrent tous deux en même temps : *Ah! quel drôle de nez !* — Pas si drôle que le vôtre, dit Désir à la fée; mais, Madame, laissons nos nez pour ce qu'ils sont, et soyez assez bonne pour me donner quelque chose à manger; car je meurs de faim, aussi bien que mon pauvre cheval.—De tout mon cœur, lui dit la fée. Quoique votre nez soit ridicule, vous n'en êtes pas moins le fils du meilleur de mes amis. J'aimais le roi votre père comme mon frère; il avait le nez fort bien fait, ce prince.— Et que manque-t-il au mien? dit Désir. — Oh! il n'y manque rien, reprit la fée; au contraire, il n'y a que trop d'étoffe : mais n'importe, on peut être fort honnête homme et avoir le nez trop long. Je vous disais donc que j'étais l'amie de votre père; il me venait voir souvent dans ce temps-là; et à propos de ce temps-là, savez-vous bien que j'étais fort jolie alors? il me le disait. Il faut que je vous conte une conversation que nous eûmes ensemble, la dernière fois qu'il me vit. — Eh! Madame, dit Désir, je vous écouterai avec bien du plaisir quand j'aurai soupé : pensez, s'il vous plaît, que je n'ai pas mangé d'aujourd'hui. — Le pauvre garçon, dit la fée, il a raison; je n'y pensais pas. Je vais donc vous donner à souper, et pendant que vous mangerez je vous dirai mon histoire en quatre paroles, car je n'aime pas les longs discours. Une langue trop longue est encore plus insupportable qu'un grand nez, et je me souviens, quand j'étais jeune, qu'on m'admirait, parce que je n'étais pas une grande parleuse : on le disait à la reine ma mère; car, telle que vous me voyez, je suis la fille d'un grand roi. Mon père....—Votre père mangeait quand il avait faim, lui dit le prince, en l'interrompant.—Oui, sans doute, lui dit la fée, et vous souperez aussi tout à l'heure : je voulais vous dire seulement que mon père....—Et moi, je ne veux rien écouter que je n'aie à manger, dit le prince, qui commençait à se mettre en colère. Il se radoucit pourtant, car il avait besoin de la fée, et lui dit : Je sais que le plaisir que j'aurais en vous écoutant pourrait me faire oublier la faim ; mais mon cheval qui ne vous entendra pas, a besoin de prendre quelque nourriture. La fée se rengorgea à ce compliment. Vous n'attendrez pas davantage, lui dit-elle en appelant ses domestiques ; vous êtes bien poli, *et malgré la grandeur énorme de votre nez , vous êtes fort aimable.* — Peste soit de la vieille avec mon nez! dit le prince en lui-même ; on dirait que ma mère lui a volé l'étoffe qui manque au sien : si je n'avais pas besoin de manger, je laisserais là cette babillarde, qui croit être petite parleuse. Il faut être bien sot, pour ne pas connaître ses défauts : voilà ce que c'est d'être née princesse ; les flatteurs l'ont gâtée, et lui ont persuadé qu'elle parlait peu. Pendant que le prince pensait cela, les servantes mettaient la table, et le prince admirait la fée, qui leur faisait mille questions, seulement pour avoir le plaisir de parler : il admirait surtout une femme de chambre, qui, à propos de tout ce qu'elle voyait, louait sa maîtresse sur sa discrétion. Parbleu! pensait-il en mangeant, je suis charmé d'être venu ici. Cet exemple me fait voir combien j'ai fait sagement de ne pas écouter les flatteurs. Ces gens-là nous louent effrontément, nous cachent nos défauts et les changent en perfections; pour moi, je ne serai jamais leur dupe; je connais mes défauts, Dieu merci. Le pauvre Désir le croyait bonnement, et ne sentait pas que ceux qui avaient loué son nez, se moquaient de lui, comme la femme de chambre de la fée se moquait d'elle; car le prince vit qu'elle se tournait de temps en temps pour rire. Pour lui, il ne disait mot, et mangeait de toutes ses forces. Mon prince, lui dit la fée, quand il commençait à être rassasié, tournez-vous un peu, je vous prie, votre nez fait une ombre qui m'empêche de voir ce qui est sur mon assiette. Ah çà, parlons de votre père : j'allais à sa cour dans le temps qu'il n'était qu'un petit garçon; mais il y a quarante ans que je suis retirée dans cette solitude. Dites-moi un peu comment l'on vit à la cour à présent; les dames aiment-elles toujours à courir? De mon temps on les voyait le même jour à l'assemblée, aux spectacles, aux promenades, au bal.... Que votre nez est long! je ne puis m'accoutumer à le voir.—En vérité, Madame, lui répondit Désir, cessez de parler de mon

nez : il est comme il est, que vous importe?
j'en suis content, je ne voudrais pas qu'il
fût plus court; chacun l'a comme il peut.—
Oh! je vois bien que cela vous fâche, mon
pauvre Désir, dit la fée, ce n'est pourtant
pas mon intention, au contraire, je suis de
vos amies, et je veux vous rendre service ;
mais malgré cela, je ne puis m'empêcher
d'être choquée de votre nez; je ferai pourtant
en sorte de ne vous en plus parler ; je m'ef-
forcerai même de penser que vous êtes ca-
mard; quoiqu'à dire la vérité, il y ait assez
d'étoffe dans ce nez pour en faire trois rai-
sonnables. Désir, qui avait soupé, s'impa-
tienta tellement des discours sans fin que la
fée faisait sur son nez, qu'il se jeta sur son
cheval, et sortit. Il continua son voyage; et
partout où il passait, il croyait que tout le
monde était fou, parce que tout le monde
parlait de son nez; mais, malgré cela, on l'a-
vait si bien accoutumé à entendre dire que
son nez était beau, qu'il ne put jamais con-
venir avec lui-même qu'il fût trop long. La
vieille fée, qui voulait lui rendre service
malgré lui, s'avisa d'enfermer Mignonne
dans un palais de cristal, et mit ce palais sur
le chemin du prince. Désir, transporté de
joie, s'efforça de le casser; mais il n'en put
venir à bout : désespéré, il voulut s'approcher pour parler du moins à la princesse,
qui, de son côté, approchait aussi sa main de

la glace. Il voulait baiser cette main, mais de quelque côté qu'il se tournât, il ne pouvait y porter la bouche, parce que son nez l'en empêchait. Il s'aperçut, pour la première fois, de son extraordinaire longueur, et le prenant avec sa main pour le ranger de côté : Il faut avouer, dit-il, que mon nez est trop long. Dans le moment, le palais de cristal tomba par morceaux, *et la vieille, qui tenait Mignonne par la main, dit au prince :* Avouez que vous m'avez beaucoup d'obligation ; j'avais beau vous parler de votre nez, vous n'en auriez jamais reconnu le défaut s'il ne fût devenu un obstacle à ce que vous souhaitiez. C'est ainsi que l'amour-propre nous cache les difformités de notre âme et de notre corps. La raison a beau chercher à nous les dévoiler, nous n'en convenons qu'au moment où ce même amour-propre les trouve contraires à ses intérêts. Désir, dont le nez était devenu un nez ordinaire, profita de cette leçon ; il épousa Mignonne, et vécut heureux avec elle un fort grand nombre d'années.

FIN.

PARIS. — IMPRIMERIE LE NORMANT,
rue de Seine, 8.

Je, moi, nous.
, toi, vous.
lle, lui, eux, elles
ma, mes.
a, tes.
a, sa, ses.
otre, votre, leur.
le mien, la mienne.
le tien, la tienne.
le nôtre, la vôtre.
ce, cette, ces.
celui, celle.
eux, celles.

4

LIVRES D'INSTRUCTION

POUR L'ENFANCE.

SYLLABAIRE (Nouveau) des Arts et Métiers à l'usage
de la Jeunesse, orné de gravures ; suivi d'Histo-
riettes et de Fables.

SYLLABAIRE (Nouveau) du Petit Buffon de la Jeunesse, orné de gravures ; suivi de plusieurs ins-
tructions de morale, de petits contes et de fables,
pour donner aux enfants les principes et le goût
de la lecture.

SYLLABAIRE (Nouveau) des Jeux de l'Enfance, orné
de gravures.

SYLLABAIRE (Nouveau) des Petits Enfants, nouvelle
édition ornée de gravures.

PETIT ALPHABET des Arts et Métiers, à l'usage de la
Jeunesse, nouvelle édition ornée de gravures.

ALPHABET EN FRANÇAIS, divisé par syllabes, pour
apprendre aux enfant à épeler avec une grande
facilité.

CONTES DES FÉES, par Ch. Perrault, contenant : la
Barbe-Bleu, le Petit Chaperon Rouge, la Belle au
Bois dormant, le Chat Botté, Cendrillon, Riquet à
la Houppe, le petit Poucet, l'eau d'Ane, les Fées,
Ardostan. Nouvelle édition ornée de gravures.